달달 가게의 온도

달달 가게의 온도

초판 1쇄 인쇄 2024년 11월 20일
초판 1쇄 발행 2024년 12월 3일

지은이 남찬숙 권경미 김나른 강보경 박연주 안효경
　　　　　 임미선 황미하 권오단 김연진 김균탁 이강순
그린이 새로미
발행인 권윤삼
발행처 도서출판 산수야

등록번호 제2002-000278호
주　소 서울시 마포구 월드컵로165-4
전　화 02-332-9655
팩　스 02-335-0674

ISBN 978-89-8097-620-1 73810

값은 뒤표지에 있습니다. 잘못된 책은 바꿔드립니다.

www.sansuyabooks.com
sansuyabooks@gmail.com
도서출판 산수야는 독자 여러분의 의견에 항상 귀 기울입니다.

동글동글문학회 동화집

달달 가게의 온도

글
남찬숙

권경미

김나른

강보경

박연주

안효경

임미선

황미하

권오탄

그림
새로미

산수야

차례

민들레와 축구공

남찬숙

2000년에『괴상한 녀석』을 발표하면서 글을 쓰기 시작했어요. 2004년에『가족사진』으로 MBC창작동화대상 장편 부문에서 상을 받았고, 2005년에『받은 편지함』으로 올해의 예술상을, 2017년에『까칠한 아이』로 눈높이아동문학대전 아동문학상 장편 부문 대상을 수상했어요. 지은 책으로『사라진 아이들』, 『누구야, 너는?』,『안녕히 계세요』,『할아버지의 방』,『혼자 되었을 때 보이는 것』,『선덕 여왕』등이 있어요. 「민들레와 축구공」은 흙탕물에 떠내려와 낯선 강둑에 살게 되면서 희망을 잃었던 축구공이 뒤늦게 나온 민들레와의 우정을 통해 희망을 찾게 되는 이야기예요. 경북 안동에 살면서 아이들 마음에 오래오래 남을 이야기를 쓰려고 노력하고 있어요.

아주 조용하고 깊은 밤이었어요.

"으-아악!"

강둑의 풀숲에 난데없는 비명이 울려 퍼졌어요.

그 소리가 어찌나 컸던지 잠들었던 풀숲 친구들이 모두 잠이 깼습니다.

"아이고, 정말 죽겠네."

"하루 이틀도 아니고, 정말 참을 수가 없군."

화가 난 풀숲의 식구들은 저마다 한마디씩 했습니다. 한바탕 웅성거림이 끝나고 모두 다시 잠이 들었습니다.

그런데 이번에는 누군가 작게 흐느끼는 소리가 났습니다.

"흑흑, 흑흑흑."

가만히 보니, 그 주인공은 둥그런 축구공이었습니다.

아침이 되었습니다.

언제나 부지런한 참새 떼들이 오늘도 시끄럽게 울며 풀숲의 하루가 시작되었습니다. 풀들이 기지개를 켜며

이슬을 털어내고, 작은 벌레들도 일어나 먹이를 찾아 나서고, 꽃들도 꽃잎을 활짝 열어 아침 햇빛을 받았습니다.

축구공도 잠이 깼지만 아무 할 일이 없었습니다. 몸의 반쯤이 흙에 묻힌 채 입을 꼭 다물고 앞만 바라보고 있습니다.

"조금만 더 기운을 내자, 끙!"

그때 어디서 작은 목소리가 들렸습니다.

바로 축구공이 있는 자리에서 얼마 떨어지지 않은 땅속에서 나는 소리였습니다.

"영차! 영차!"

그 소리가 점점 크게 들리더니, 작은 싹이 땅속에서 삐죽 얼굴을 내밀었습니다.

"와, 드디어 나왔다!"

작은 싹은 기뻐서 소리를 지르며 사방을 둘러보았습니다.

"민들레 아냐?"

"뭐 하다 이제 나와."

여기저기 큰 풀들이 작은 싹을 내려다보며 수군거렸습니다.

그도 그럴 것이 다른 민들레들은 벌써 나와 꽃을 활짝 피우고 있었거든요.

작은 민들레는 그만 풀이 죽어서 고개를 숙였습니다. 겨우겨우 땅 밖으로 나왔는데 아무도 민들레를 반갑게 맞아 주지 않아 속이 상했습니다.

밤이 되었습니다.

오늘도 풀숲의 밤은 고요했습니다. 작은 민들레도 땅 위에서의 첫날이 고단했던지 정신없이 잠을 자고 있었습니다. 그런데 한밤중에 풀숲의 식구들은 다시 한번 잠에서 깰 수밖에 없었습니다.

"으-악!"

바로 그 축구공이 또 비명을 질렀기 때문입니다.

"아휴, 정말 참을 수가 없네."

"저 이상한 애를 이곳에서 쫓아낼 수 없을까?"

오늘 밤도 풀숲 친구들은 화가 나서 한마디씩 하고 다시 잠이 들었습니다.

"흑흑……."

축구공은 다시 잠들지 못하고, 작은 소리로 흐느꼈습니다.

"울지 말아요."

그런데 누군가 축구공을 향해 상냥하게 말을 걸어왔습니다.

"……."

축구공은 울음을 그치고 사방을 둘러보았습니다. 그러나 너무 어두워서 누가 말을 거는지 알 수가 없었습니다.

"나쁜 꿈을 꾸었나 보군요."

"누… 누구니?"

축구공은 놀라서 물었습니다.

그렇게 상냥한 목소리는 이 풀숲에 와서 처음 듣는 소리였습니다.

"난 오늘 처음 세상에 나온 민들레예요."

"민들레?"

축구공은 그제야 그 목소리의 주인공이 누군지 알았습니다.

"나는 땅속에 있을 때 바깥세상이 어떨까 상상했어요. 바깥세상은 내가 상상한 것보다 훨씬 더 아름다워요. 아까 낮에 해님이 반짝이는 것을 보았어요? 얼마나 아름다운지 눈이 부실 지경이었어요. 그리고 바람은 또 어떻구요. 살랑살랑 내 몸을 흔들어 주며 지나가는데 얼마나 상냥한지. 그런데 이곳에 사는 친구들은 그다지 친절하지는 않은 것 같아요. 모두 날 반가워하지 않는 것 같거든요."

작은 민들레는 축구공이 묻지도 않은 이야기를 이렇게 종알거렸습니다.

'체, 무슨 말이 저렇게 많담. 서로 잘 알지도 못하는데.'

축구공은 작은 민들레가 이상하다고 생각했고, 민들레의 이야기에 아무 말도 하지 않았습니다.

"그러고 보니 내가 혼자서 너무 떠들었네요. 미안해요. 그런데 당신은 이름이 무엇인가요?"

"……."

축구공은 민들레의 물음에 답하기 싫어 잠이 든 척을 했습니다.

"저런… 잠이 들었군요. 그럼 잘 자요."

작은 민들레는 혼자 인사를 하고 다시 잠이 들었습니다.

축구공은 눈을 뜨고 살며시 작은 민들레 쪽을 바라보았어요. 하지만 작은 민들레는 키가 워낙 작아서 어둠 속에 묻혀 보이지 않았습니다.

다시 아침이 되었습니다.

오늘 아침 하늘에는 해님 대신 커다란 잿빛 구름이 낮게 떠 있었습니다.

"비가 내릴 거예요."

새들이 풀숲 위를 낮게 날며 비 소식을 알렸습니다.

풀숲 친구들은 모두 기뻐했습니다. 비가 내린 지 여러 날이 지나 땅이 바짝 말라 있었기 때문입니다. 이윽고 바람이 선선하게 불더니 빗방울이 후두둑 떨어지기 시작했습니다. 모두 웃으며 비를 맞았습니다. 작은 민들레도 웃으며 처음 보는 빗방울을 온몸으로 맞았습니다. 그러나 어쩐 일인지 축구공은 잔뜩 화가 난 얼굴로 하늘을 노려보고 있었습니다.

"왜 그렇게 화가 났어요?"

작은 민들레가 조심조심 말을 건넸습니다.

"네가 상관할 일이 아니야."

축구공이 소리를 버럭 질렀습니다.

"앗, 깜짝이야. 왜 그렇게 소리를 질러요?"

"그러니까 귀찮게 굴지 말라고."

"귀찮게 했다면 미안해요. 그런데 정말 궁금해서 그런데요……."

작은 민들레는 미안하다면서 또 무언가를 묻고 싶은 눈치였어요.

"어젯밤에는 왜 그렇게 비명을 질렀어요? 나쁜 꿈이라도 꾼 건가요? 그랬다면 마음속에 담아두지 말고 말해 봐요. 아마 기분이 훨씬 나아질 거예요."

"넌 도대체 무슨 말이 그렇게 많니? 내가 무슨 꿈을 꾸든 말든 신경 쓰지 마. 난 너처럼 시끄러운 앤 딱 질색이야."

축구공의 핀잔에 작은 민들레는 시무룩해졌습니다.

비는 종일 내리다 밤에 그쳤습니다.

"으악-"

축구공은 어김없이 한밤중에 비명을 지르며 잠에서 깨 강물을 노려봤습니다.

'무슨 나쁜 꿈을 저렇게 밤마다 꿀까?'

축구공의 비명에 잠에서 깬 작은 민들레는 축구공이 가여웠습니다.

아침이 되었습니다.

작은 민들레는 한껏 기지개를 켰습니다.

"이것 봐요, 나 좀 봐요. 어때요? 내 잎들이 어제보다 자란 것 같지 않아요?"

작은 민들레가 축구공을 향해서 웃으며 물었습니다.

'하룻밤 동안 자랐으면 얼마나 자랐을 거라구, 호들갑을 떨긴.'

축구공은 힐끗 작은 민들레를 쳐다보았습니다.

"어머, 당신 몸이!"

갑자기 작은 민들레가 축구공을 바라보며 소리를 질렀습니다.

축구공은 작은 민들레가 왜 그렇게 놀라는지 이유를 알 수가 없었습니다.

"어쩜, 당신은 정말 멋있게 생겼군요. 알록달록 아주 근사해요. 온통 흙먼지가 묻어 있어서 몰랐는데, 오늘 보니 아주 멋있어요."

작은 민들레는 자꾸 감탄을 하며 축구공을 바라보았습니다.

빗물에 깨끗하게 씻긴 축구공은 햇빛을 받아 반짝거리고 있었습니다. 알록달록 무늬도 오늘은 아주 선명했습니다. 축구공은 자기도 모르게 기분이 으쓱해졌습니다.

모처럼 비를 맞은 꽃들이 활짝 피었습니다. 바람이 꽃

향기를 날려주자, 어디선가 나비와 벌들이 날아왔습니다. 그러나 노랑나비도, 벌도 아직 꽃이 피지 않은 작은 민들레는 거들떠보지 않았습니다.

"나에게는 아무도 오지 않네. 나비와 벌도 내가 싫은가 봐."

작은 민들레는 고개를 숙이고 슬픔에 잠겼습니다.

그때였습니다.

"네가 싫어서 그런 게 아니야."

축구공이 민들레에게 말했습니다.

작은 민들레는 깜짝 놀라서 축구공을 바라보았습니다.

"뭐라고요?"

"네가 싫어서 그런 게 아니라 아직 네가 꽃을 피우지 않아 그런 거라고. 네가 꽃을 피우면 네게 올 거야. 그러니 속상해 말라고."

"아하! 그렇군요. 고마워요. 날 위로해 주어서."

작은 민들레가 고개를 끄덕이며 말했습니다.

"위로한 게 아니야. 난 그냥 사실을 말해 준 거지."

축구공이 어색하게 말을 했습니다.

"당신은 많은 것을 아는군요."

"그야, 너보다는 오래 살았으니까."

"언제부터 이곳에 살았는데요?"

"이곳에 산 지는 얼마 안 됐어. 전에는 사람들하고 같이 살았지."

"그런데 어쩌다 이곳에 온 거예요?"

축구공은 이야기를 할까 말까 망설였습니다. 지금까지 이 풀숲의 누구에게도 자기 이야기를 한 적이 없었거든요.

"그날은 비가 내렸어. 하루 동안 정말 하늘에 구멍이라도 난 것처럼 엄청난 비가 내렸단 말이야. 내가 있던 마당에 갑자기 흙탕물이 밀려들었어. 너무 순식간이라 아무도 날 구하지 못했지. 흙탕물이 들어와 나와 함께 집 안의 모든 것들이 떠내려가고. 겨우 정신을 차려보니까 이곳이었어."

"아, 그래서 비가 내리는 걸 싫어했군요."

"그래. 난 비가 싫어. 밤마다 흙탕물이 밀려와 내가 떠내려가는 꿈을 꾸어. 너무 생생해서……."

"그랬군요……."

작은 민들레는 그제야 축구공이 밤마다 소리를 지르는 이유를 알았습니다.

"난 내가 살던 곳으로 돌아가고 싶어. 하지만 난 여기서 빠져나가지 못할 거야. 내 몸은 이렇게 흙 속에 묻혀 있잖아."

"너무 속상해 말아요."

"속상해 말라고? 잘 봐. 난 이곳에서 할 게 없어. 난 너희들과 달라."

"그래도 이곳에라도 살아남은 게 다행이잖아요. 흙탕물 속에 영원히 빠져 있다고 생각해 봐요. 다시는 저 햇빛을 못 본다고 생각해 보세요. 그건 더 끔찍하잖아요."

"……."

"비가 내리는 것도 꼭 나쁜 건 아니에요. 보세요, 비가 내린 덕에 당신이 얼마나 멋진지 알았으니까요."

"……."

축구공은 작은 민들레의 어른스러운 말에 아무 말도 할 수가 없었습니다.

또 밤이 왔습니다.

'다시는 저 햇빛을 못 본다고 생각해 보세요. 그건 더 끔찍하잖아요.'

축구공의 마음속에 작은 민들레의 말이 자꾸 맴돌았습니다.

'민들레의 말이 맞을지도 몰라. 하지만…….'

축구공은 밤하늘을 올려다보았습니다. 슝슝 바람을 가르며 날던 지난날이 떠올랐습니다. 다시는 그런 날이 오지 않을 거라 생각하면 축구공의 마음은 한없이 슬프기

만 했습니다. 그런데 이상하게도 그날 밤 축구공은 처음
으로 나쁜 꿈을 꾸지 않고 깊은 잠을 잤습니다.

날이 밝았습니다.

"잘 잤어요? 어젯밤에는 나쁜 꿈을 꾸지 않았나 봐
요?"

일찍 일어난 민들레가 큰소리로 축구공에게 아침 인사
를 했습니다.

축구공은 멋쩍어 아무 말도 하지 않고 강물만 바라보
았습니다.

그런데 그날 오후의 일이었습니다.

"와! 저것 봐요. 하늘에!"

갑자기 작은 민들레가 큰소리를 질렀습니다.

축구공은 민들레가 가리키는 하늘을 바라보았습니다.

그곳엔 수많은 민들레 꽃씨들이 빙글빙글 바람을 타고 돌며 풀숲을 떠나고 있었습니다.

"너무 아름다워요. 도대체 저게 뭐지요?"

작은 민들레가 감탄하며 축구공에게 물었습니다.

"저게 뭔지도 모른다고?"

축구공은 어이가 없어서 민들레를 보고 말했습니다.

"저건 바로 너와 같은 민들레가 날려 보내는 꽃씨들이야. 너도 저런 모습으로 이곳에 왔을 거야!"

"저게 민들레 꽃씨라고요? 그럼 나도 저렇게 꽃씨들을 날릴 수 있어요?"

작은 민들레가 기뻐하며 축구공을 바라보았습니다.

"쳇! 알 게 뭐야. 남들은 저렇게 꽃씨를 날리는데, 넌 아직 꽃도 못 피웠잖아."

"그럼, 난 저런 꽃씨들을 날리지 못한다는 건가요? 내가 너무 늦게 나왔다고 비웃던 이유를 이제야 알겠어요. 좀 더 빨리 땅 위로 나왔어야 했는데. 흑흑."

축구공의 말에 작은 민들레는 울음을 터트렸습니다.

"아니야, 내가 한 말은 그런 뜻이 아니야."

당황한 축구공이 큰소리를 질렀습니다.

"그런 뜻이 아니라고요?"

민들레가 울음을 그치고 축구공을 빤히 바라보았습니다.

"너도 열심히 자라서 꽃을 피우면 할 수 있을 거야. 뭐, 남들보다 조금 늦기는 하겠지만."

"정말이죠? 남들보다 늦는 건 괜찮아요. 이제부터 더 열심히 자라야겠어요. 나도 저렇게 아름다운 꽃씨들을 세상에 날려 보낼 거예요. 보세요, 정말 아름답잖아요!"

"그래, 아름다워. 내가 나는 것보다는 못하지만 말이야."

"당신이 난다고요?"

작은 민들레는 깜짝 놀라 축구공을 바라보았습니다.

"당신도 저렇게 바람을 타고 날 수 있다는 말이에요?"

"아니야. 나는 바람을 타고 날지는 않아. 바람을 가르면서, 슝-하고 날아. 난 축구공이야. 내가 얼마나 멋있게 날 수 있는지 넌 모를 거야. 나도 다시 날고 싶다고."

"어머? 그럼 당신과 나는 꿈이 똑같은 거군요."

"뭐?"

축구공은 어이없는 표정으로 민들레를 바라보았습니다.

"그렇잖아요. 나는 꽃씨를 날리는 게 꿈이고, 당신은 나는 게 꿈이잖아요. 우린 꿈이 같아요."

축구공은 다시 아무 말이 없어졌습니다. 민들레야 열심히 자라 꽃을 피우면 꽃씨를 날릴 수도 있겠지만, 축구공은 그럴 수 있는 게 아니었으니까요.

그날 이후 작은 민들레는 꽃을 피우기 위해 정말 애를 썼습니다. 열심히 물을 빨아올리고 잎을 키워 가는 모습이 여간 정성스럽지 않았습니다.

"어때요? 나 좀 자랐어요?"

시간이 날 때마다 민들레는 축구공에게 물었습니다.

"좀 자란 것 같아."

그때마다 축구공은 건성으로 이렇게 대답했습니다.

그러나 자세히 보면 민들레의 잎이 넓어지고, 색도 짙어지며 조금씩 자라는 것이 보이긴 했습니다.

며칠이 지났습니다.

"어?"

축구공이 놀라며 민들레를 바라보았습니다.

밤사이 민들레의 꽃대가 올라왔기 때문입니다.

"며칠 있으면 꽃을 피울 수 있겠어."

"정말이요?"

"그래. 꽃이 피면 나비도 네게 날아올 거야."

"꽃씨도 날릴 수 있고요?"

"그래, 그럴 수 있을 거야……."

축구공이 쓸쓸한 목소리로 대답했습니다.

"보세요, 내가 꽃을 피웠어요."

며칠 뒤, 작은 민들레가 기뻐서 소리를 질렀습니다.

"정말 꽃이 피었구나!"

축구공도 기뻐하며 민들레를 바라보았습니다.

그때였습니다.

풀숲에 사람이 나타났습니다. 그 사람은 머리가 하얀 할머니였습니다. 갑작스럽게 사람이 나타나자 풀숲의 식구들은 모두 숨을 죽였습니다. 그리고 할머니를 바라보았습니다.

할머니는 말없이 서서 사방을 둘러보았습니다.

"여기가 좋겠네……."

할머니는 손에 들고 왔던 커다란 천 가방을 내려놓았습니다. 그리고는 그 속에서 무언가를 꺼냈습니다. 할머니가 꺼낸 것은 작은 낫과 호미였습니다. 할머니는 낫을 들고 발밑의 풀을 베어내기 시작했습니다. 할머니는 그곳에 작은 밭을 만들려고 하는 것이었습니다. 풀숲의 친구들은 바들바들 떨며 할머니의 손을 지켜보았습니다. 그만하면 꽤 넓은 밭이 만들어졌는데도 할머니의 손은 멈추지 않았습니다.

"앗!"

숨죽이고 있던 축구공이 놀라서 소리를 질렀습니다.

할머니가 작은 민들레 가까이에 온 것입니다. 그대로 가다간 작은 민들레도 할머니의 낫질에 뽑혀 나갈 것 같았습니다.

"안 돼요!"

축구공이 소리를 질렀습니다.

그 순간 놀라운 일이 일어났습니다. 축구공의 몸이 흙을 빠져나오며, 저 혼자 스르르 굴러 할머니 앞까지 간 것입니다.

"이게 뭐야?"

할머니는 느닷없이 나타난 축구공에 눈이 휘둥그레졌습니다.

할머니는 축구공을 들고 이리저리 살펴보았습니다.

"아직 쓸 만한데……."

할머니는 고개를 갸웃거리며 축구공을 바라보았습니다.

"우리 욱이 갖다주면 좋아하겠네."

할머니는 빙그레 웃으며 축구공을 가방 속에 집어넣고 그곳을 떠났습니다.

"축구공이 날 위해서……."

민들레는 할 말을 잃고 멍하니 축구공이 있던 자리를 바라보았습니다.

"흑흑흑……."

그날 밤부터 민들레는 축구공을 그리워하며 밤마다 울었습니다.

며칠 뒤, 작은 민들레는 노란 꽃을 활짝 피웠습니다. 그리고 그 꽃 위로 나비가 날아와 놀다 갔습니다.

할머니는 날마다 풀숲을 찾아와 자신이 만들어 놓은 밭에 씨를 뿌리고, 강에서 물을 길어다 뿌려주었습니다. 할머니가 뿌려놓은 씨앗에서 작은 싹이 나오고, 자라기 시작했습니다.

그사이 작은 민들레가 처음으로 피웠던 꽃이 지고, 그 자리에 솜털 같은 깃이 달린 씨앗들이 생겼습니다. 작은 민들레는 자신이 예쁜 씨앗을 세상에 날려 보낼 시간이 다가오고 있음을 느낄 수 있었습니다.

작은 민들레는 말없이 축구공이 있던 자리를 바라보았습니다. 그곳엔 어느새 풀들이 자라고 있었습니다.

'축구공이 있었다면 얼마나 좋을까?'

민들레는 축구공에게 꽃씨를 세상에 날려 보내는 자신의 멋진 모습을 보여주고 싶었습니다.

"욱아, 아래는 위험하니까 내려오지 말고 여기서 놀고 있어."

"네, 할머니."

할머니가 다른 날처럼 밭에 왔습니다. 그런데 오늘은 혼자 오지 않고 누구와 같이 온 모양입니다. 할머니는 다른 날처럼 강에 내려가 물을 떠 와서 밭에 뿌렸습니다. 그리고 쪼그리고 앉아 밭에 난 풀들을 뽑고, 채소들을 땄습니다.

펑펑!

풀숲이 있는 강둑 위의 길에서 계속 이런 소리가 들려왔습니다.

그러더니 슝! 하는 소리와 함께 무언가 날아와 민들레 앞에 툭 떨어졌습니다.

"앗, 당신은!"

민들레는 자기 앞에 떨어진 것을 보고 깜짝 놀라고 말았습니다. 그건 바로 민들레가 그토록 보고 싶어 하던 축구공이었습니다. 축구공이 민들레를 보며 반갑게 인사했습니다.

"어? 너 꽃씨가 났구나!"

축구공도 민들레를 보고 놀라며 말했습니다.

순간 바람이 살랑살랑 불어왔고, 민들레의 꽃씨들이

바람에 날려 날아가기 시작했습니다.

"아이고, 욱아. 공을 이리로 차면 어떡하냐. 그러다 강물에 빠지면 어쩌려고."

할머니가 축구공을 들고 밭을 떠났습니다.

"잘 있어. 민들레야! 난 다시 사람들 사는 곳으로 가서 슝슝 바람을 가르며 살고 있어. 네가 날려 보낸 저 꽃씨들은 너처럼 예쁜 민들레가 되어 세상을 아름답게 만들거야. 너도 잘 지내. 안녕!"

할머니 손에 들린 축구공이 멀어지며 민들레에게 인사를 했습니다.

그날 밤, 민들레는 축구공이 떠난 뒤 처음으로 아주 깊고 행복한 잠을 잤습니다.

민쿡이의 세잎클로버

권경미

동화와 시를 사랑하고 아름다운 세상을 꿈꾸는 작가예요. 시집 『나무는 외로
워도 외롭다는 말을 하지 않는다』를 발간했어요. 「민쿡이의 세잎클로버」는 방
과후수업에서 만난 다문화 아이를 모티브로 하여 더불어 사는 아름다운 세상
을 꿈꾸며 만들었어요.

"민쿡아, 오늘 엄마 쉬는 날이니 봉정사 같이 가자. 응?"

이른 아침부터 엄마는 나를 귀찮게 했다.

"싫어, 엄마. 나 게임하고 집에 있을 거야."

나는 계속해서 컴퓨터 자판을 두드렸다. 게임이 한창 인데 방해받고 싶지 않았다.

"민쿡아, 게임 많이 하면 눈 나빠져. 게임만 하지 말고 봉정사에 놀러 가자. 엄마 소원이야."

'학교도 가지 않고 노는 날에 영화관도 아닌 고작 절에 간다니……'

나는 괜히 짜증이 났다. 하지만 엄마는 새벽부터 바빴 다. 식당 일만 하던 엄마가 오랜만에 나들이를 가니 기분 이 좋은 것 같았다.

"민쿡이가 좋아하는 유부초밥과 계란도 삶았어!"

"엄마나 많이 먹어. 난 안 먹을 거야."

나는 버스를 타기 전까지 친구와 함께 스마트폰 게임

에 몰두했다. 우리는 버스를 타고 봉정사로 향했다. 버스 창밖으로 보이는 시골 풍경이 그리 나쁘지는 않았다. 아스팔트 길을 지나니 사방이 흙냄새로 가득한 숲길이 나왔다.

엄마는 저만치 앞장서서 걸어갔다. 엄마의 모습이 오늘따라 더 뚱뚱하고 촌스러웠다. 무엇보다도 엄마는 까무잡잡한 피부색 때문에 다른 나라에서 온 게 표시가 난다. 나는 이런 엄마가 부끄러웠다.

나는 엄마와 떨어져서 천천히 걸었다. 길옆으로 병풍처럼 둘러싸인 숲길을 조금 지나니 졸졸졸 흐르는 개울물이 나왔다.

"민쿡아, 여기서 잠깐 쉬는 게 어때?"

엄마는 나를 개울물로 끌고 갔다. 엄마는 양말을 벗고 개울물에 발을 담갔다.

"우와, 시원하다. 민쿡아, 이리 와."

"엄만 여기가 필리핀인 줄 알아?"

"괜찮아. 이리 와서 발 담가 봐."

엄마는 내 손을 잡아끌었다.

"됐다니까 왜 그래."

나는 이런 엄마가 정말 창피하다. 엄마는 어린 나이에 바다 건너 필리핀에서 시집을 왔다. 아빠와는 20살 나이

차이다. 아빠는 지금 우리와 같이 살지 않는다. 아빠는 평상시에는 자상하지만 술만 마시면 엄마에게 주먹질을 한다. 그래서 지금은 병원에서 알코올 중독 치료 중이다.

나는 학교에서 조용한 아이로 통한다. 공부 시간에 선생님 말씀도 잘 듣고 공부도 잘하는 모범생이다. 적어도 지난주까지는 그랬다.

지난 월요일, 체육 시간이었다. 우리는 편을 갈라서 피구를 하였다. 지영이와 나는 한편이었는데 내가 공을 피하려다가 지영이의 발을 밟았다. 그때 지영이가 내게 소리쳤다.

"야, 깜씨. 너 눈이 삐었니? 깜씨 주제에……."

나는 깜씨라고 불리는 게 정말 싫다. 가슴속에서 불덩이가 치솟았다. 정신을 차리고 나니 지영이가 코피를 흘리면서 운동장에 쓰러져 있었고, 친구들은 나를 말리고 있었다. 정말 눈 깜짝할 사이에 일어난 일이었다.

그날 저녁, 엄마와 나는 복숭아 한 봉지를 사서 지영이 엄마를 찾아갔다.

딩동딩동.

대답이 없어서 초인종을 다시 한번 눌렀더니 그제야 굳게 닫힌 현관문이 열렸다.

"무슨 일이죠?"

화가 난 채로 팔짱을 낀 지영이 엄마의 얼굴은 호랑이처럼 무서웠다.

"민쿡 엄마예요. 학교에서 지영이와 우리 민쿡이가 싸웠다고 해서……."

"아니, 여자애 얼굴을 이렇게 해놓으면 어떡하냐구요!"

"죄송합니다, 제발 용서해 주세요."

말도 제대로 못하고 쩔쩔매는 엄마는 마치 호랑이 앞에 선 토끼 같았다. 나는 자존심이 상해서 도망치고 싶었다. 지영 엄마는 엄마를 아래위로 훑어보면서 중얼거렸다.

"에휴, 상대를 하지 말아야지."

지영 엄마는 쌀쌀하게 문을 닫고 들어가 버렸다. 그 일이 있고부터 나는 말을 하기가 싫었다.

우리는 천천히 봉정사로 올라갔다. 나는 엄마와 함께 가기 싫어서 멀찍이 앞장서서 걸었다. 가파른 언덕길 옆에는 소나무가 호위무사처럼 서 있었고 회색 바위들이 머리를 내밀고 있었다.

가까운 길옆에 사람들이 돌을 모아 세운 돌무더기 탑

이 보였다. 엄마는 길에 뒹굴고 있는 작은 돌멩이 하나를
돌무더기 탑 위에 올려놓았다. 그리고 손을 모아 무언가
를 빌었다.

"민쿡아, 소원 빌어 봐."

엄마와 나는 시원한 나무 그늘에서 잠시 쉬었다. 사방
으로 쭉쭉 뻗은 소나무들이 병풍처럼 보였다. 초록 나무
들 사이로 다람쥐 한 마리가 한가롭게 오르락내리락하며
놀고 있었다. 하늘도 파랗게 빛났다.

"그냥 집에서 쉬지. 왜 이렇게 더운 날 와서 고생이야."

나는 엄마에게 투덜거렸다.

"왜, 좋잖아."

엄마는 뭐가 그리 좋은지 싱글벙글이었다. 우리는 다시 봉정사 대웅전을 향해 천천히 올라갔다. 토요일이어서 봉정사는 사람들로 북적거렸다.

"야, 깜씨. 너 웬일이냐?"

"지영아, 너 방금 뭐라고 했어? 깜시? 깜시라고?"

지영이 엄마가 놀란 듯 두 눈을 동그랗게 떴다.

"친구한테 깜씨가 뭐니? 만약 그런 말을 네가 듣는다면 기분이 어떻겠니? 왜 맞는지 알겠다. 민국이한테 사과해. 어서!"

지영이 엄마는 단호하게 말했다.

"미, 미안해, 다신 안 그럴게."

지영이가 기어들어 가는 목소리로 말했다.

지영이 엄마가 슬그머니 엄마에게 말했다.

"민국 어머니, 그저께는 제가……."

그때, 외국인 가족이 우리 앞에 다가왔다.

"익스큐즈 미(Excuse me)."

그 순간 우리는 얼음이 되었다. 외국인이 영어로 무어

38

라고 말했다. 우리는 꿀 먹은 벙어리처럼 아무 말도 하지
못했다. 바로 그때, 엄마가 영어로 대답했다.

외국인은 엄마의 대답을 듣더니 다시 대화를 이어갔
다. 심지어 영어로 이야기를 하면서 외국인과 엄마는 웃
기까지 했다. 엄마가 이런 실력을 가지고 있을 줄은 꿈에
도 몰랐다.

나는 엄마의 전혀 다른 모습에 놀랐다. 지영이와 지영
이 엄마는 더 놀란 모양이었다. 두 눈이 꼭 놀란 부엉이
처럼 보였다.

"탱큐, 굿바이."

외국인 가족이 손을 흔들며 떠나갔다.

엄마가 고개를 돌려 지영이 엄마에게 말했다.

"지영 엄마, 아까 무슨 말을 하셨지요?"

멍하게 엄마를 바라보던 지영이 엄마가 어색하게 웃으며 말했다.

"미, 민국 엄마, 그저께는 미안했어요. 지영이가 나쁜 짓을 한 것도 모르고, 아이 상처를 보니 욱해서 그런 거예요. 이해해 주세요."

"아뇨, 제가 우리 아들을 잘못 키운 탓이죠. 제가 더 미안하죠."

"그런데 민국 엄마, 영어를 잘하시네요."

"아, 예. 쪼끔……."

엄마가 수줍게 두 손가락을 조금 벌렸다.

지영이 엄마가 미소를 지으며 말했다.

"민국 엄마, 다음 주에 바자회가 있는데 학교 안 오실래요?"

겨울바람 같던 지영이 엄마의 목소리가 봄바람처럼 부드러워진 것 같았다.

"네, 꼭 가도록 할게요."

엄마와 지영이 엄마는 한동안 이야기를 나누다가 헤어

졌다. 나와 지영이의 갈등도 그렇게 끝이 난 것 같았다.

극락전 앞에서 엄마와 나는 사진 한 장을 찍었다.

"엄마, 영어 잘하던데?"

"필리핀에서는 영어를 써. 엄마도 학교 다닐 땐 공부 정말 잘했어."

엄마가 빙그레 미소를 지었다.

"엄마, 아까 외국인이 뭐라고 물었어?"

"응, 봉정사 템플스테이에 대해 물었어. 엄마는 여기 온다고 봉정사에 대해 공부했지!"

어깨까지 으쓱해 가며 엄마는 자랑스럽게 말했다. 나는 왠지 엄마에게 미안하고 부끄러웠다. 엄마와 나는 대웅전과 극락전을 차례로 둘러보았다. 극락전은 한복의 단아한 모습을 닮았다.

극락전 앞에서 엄마가 말했다.

"민쿡아, 엄마는 이런 거 처음 봐. 필리핀에서는 성당에서 예배만 드렸는데 말로만 듣던 절에 와 보니 좋네."

엄마는 극락전의 부처님을 향해 두 손을 모아 몇 번이고 고개를 숙였다. 간절히 기도를 올리는 모습이 오늘따라 유난히 슬퍼 보였다. 우린 극락전 앞뜰에 있는 돌무더기 위에 작은 돌을 올렸다.

엄마와 나는 오래된 은행나무 아래에 돗자리를 깔고

밥을 먹었다. 물은 시원했지만 유부초밥은 그리 맛나지
않았다. 발아래 세잎클로버들이 보였다.

"엄마, 우리 네잎클로버 찾기 시합할래?"

"네잎클로버가 왜 좋은데?"

엄마는 고개를 갸우뚱하며 내게 물었다.

"엄마는 그것도 몰라? 세잎클로버 꽃말은 '행복'이지
만 네잎클로버 꽃말은 '행운'이잖아. 사람들이 행복보다
는 행운을 더 좋아해서 네잎클로버를 더 좋아하는 거야."

"그렇구나."

"엄마, 엄마 어릴 때는 뭐하고 놀았어?"

"응, 우리는 바다에 나가 고기를 잡거나 엄마 일을 돕는 게 노는 거였어."

어릴 때도 일만 했다는 말을 들으니 엄마가 불쌍하다는 생각이 들었다.

"엄마, 이제 그만 찾자."

세잎클로버는 정말 많았지만 네잎클로버는 아무리 찾아도 없었다.

"엄마, 아까 뭘 빌었어?"

엄마는 세잎클로버 하나를 들고 말했다.

"우리 아들 씩씩하게 크는 거."

난 가슴이 뭉클했다.

"엄마는 필리핀에 있는 엄마 가족이 보고 싶지 않아?"

"난 우리 민쿡이만 옆에 있으면 다른 건 바랄 게 없어."

"나라면 엄마 생각에 마음이 슬플 것 같은데……."

"엄마도 가족이 많이 보고 싶지만 우리 민쿡이가 가슴 따뜻한 사람으로 자라 준다면 더 이상 엄마 소원은 없을 거야."

엄마의 목소리가 가늘게 떨리고 있었다.

"엄마, 아빠 보고 싶지 않아?"

"민쿡인 아빠가 보고 싶은 모양이네. 민쿡이가 공부 잘하고 있으면 아빠는 곧 우리 곁으로 돌아올 거야. 조금만 기다리자."

"알았어, 엄마."

산을 중간쯤 내려왔을 때 갑자기 굵은 빗줄기가 쏟아
졌다. 나는 엄마의 손을 잡고 달렸다. 우리는 버스에 올
라 나란히 자리에 앉았다. 버스가 천천히 움직였다. 창밖
에는 빗줄기가 사선으로 떨어지고 있었다.

"우리 민쿡이 다 젖었네."

엄마는 손수건으로 내 얼굴의 빗물을 닦아 주었다. 엄
마의 얼굴을 보니 마음이 따뜻해지는 것 같았다.

"엄마, 선물."

나는 세잎클로버를 내밀었다.

"어머, 행복이네."

엄마가 환하게 웃었다.

달달 가게의 온도

김나른

2020년에 혜암아동문학상과 토지문학제 평사리문학동화대상을 받으며 등단
했어요. 지은 책으로는 단편 동화집 『음치새 우와!』, 오디오북 『발자국을 남긴
아이』 외 4권이 있고요, 『토지문학제 평사리문학대상 수상작품집 2023』에 단
편 동화 「6학년 고양이띠」가 수록되었어요. 「달달 가게의 온도」는 무인가게를
지키는 'CCTV 뜬눈이'와 '열화상카메라 알로기'가 젤리 도둑을 잡는 이야기
예요. 코로나 같은 바이러스가 왔을 때 복지 사각지대에 있는 아이들은 더 힘
들지요. 지구의 온도만큼이나 우리 마음의 온도도 재면서 살았으면 하는 마음
을 담아 이야기를 썼어요.

'달달 가게'는 가게를 지키는 사람이 없는 무인가게야. 가게 안이 훤히 보이는 투명한 유리문으로 안을 들여다 보면 젤리부터 아이스크림, 먹는 색종이 과자까지 없는 게 없어. 이곳에 오는 아이들 눈은 늘 반짝반짝 빛나지.

딸랑, 가게 문을 열고 들어가면 입구에 꾸벅꾸벅 졸고 있는 무인계산대를 볼 수 있어. 천장으로 고개를 돌리면 눈을 부릅뜨고 쳐다보는 CCTV '뜬눈이'와 눈이 딱 마주 칠 거야. 그리고 한구석 바닥에 처박혀 있는 열화상 카메 라 '알로기'를 발견할 수 있어.

예전 같으면 알로기가 가게 입구에서 제일 먼저 손님 을 맞았겠지. 하지만 알로기는 이제 별 쓸모가 없어졌거 든. 세상을 휩쓸던 바이러스도 힘이 약해지고, 지금은 병 원을 제외한 곳에서는 마스크를 쓰지 않아도 돼. 그렇지 만 사람들의 마음에는 아직 불안함이 남아 있어. 주인아 저씨도 마찬가지야.

'버리자니 바이러스가 언제 또 나타날지 걱정이고, 그

대로 두자니 구형이라 가게가 너무 비좁은 걸. 일단 여기 두고 일주일만 기다려 보고 버리지, 뭐.'

그렇게 알로기는 곧 달달 가게에서 사라질 처지가 되었지. 반면에 뜬눈이는 예전처럼 다시 의기양양해졌어.

"역시 달달 가게에서는 내가 제일이지. 난 주인아저씨 대신이니까! 난 주인아저씨의 눈이라고."

그런데 뜬눈이에게 골칫거리가 있었어. 물건만 몰래 가지고 달아나는 사람들이었지. 보고도 도둑을 놓치면 얼마나 안달이 나는지 몰라. 그래도 뜬눈이가 찍어둔 영상 덕분에 도둑을 잡을 수 있었던 거야. 이번에도 뜬눈이는 도둑을 잘 찍어놓았어.

오늘 주인아저씨는 가게 문에 사진 한 장과 글을 붙였어.

> 2월 2일 4시 53분 계산하지 않고 도망감.
> 마스크를 쓰고 눈을 가렸지만 자기 얼굴 알아보겠죠?
> 이런 행동은 하지도 말고 생각도 말아야 합

니다.

010-XXXX-XXXX으로 전화하세요.

물건값을 내면 한 번은 용서해주겠음.

-달달 가게 주인

사진에는 까만 패딩, 흰색 마스크에 노란색 젤리 봉지를 들고 있는 남자아이가 보였어. 그래도 주인아저씨가 아이 눈 주변은 까맣게 칠해서 가려놓았지.

"쯧쯧. 벌써부터 도둑질이라니……. 지금까지 내가 잡은 도둑이 열 명이 넘는다고. 이번에도 꼭 잡고 말 거야."

뜬눈이는 자신만만했어.

"뜬눈아, 아이가 훔쳤다는 젤리 말이야. 그렇게 맛있는 걸까?"

구석에 있던 알로기가 뜬눈이를 올려다보며 물었어.

"아이들이 좋아하는 걸 보면 먹어보나 마나지. 지렁이 모양, 콜라 모양, 과일 모양……. 알록달록한 색깔은 또 얼마나 먹음직스러운지 몰라. 참, 너는 안 보여서 모르겠구나."

뜬눈이가 놀리자 알로기는 겨우 들릴 만큼 힘없이 말했어.

"꼭 눈이 있어야 아는 건 아니잖아."

뜬눈이는 황당했어. 볼 수 있어야 이게 젤리인지 아이스크림인지 알 수 있는 거 아니야? 초코맛 아이스크림인지 딸기맛 아이스크림인지 볼 수 있어야 고를 수 있지. 뜬눈이는 화도 났어. 보는 게 얼마나 중요한지, 졸음을 꾹 참고 달달 가게를 지키는 자기가 얼마나 대단한지 알로기가 인정하지 않잖아.

"흥, 너 아이스크림 안 보고 제대로 아이스크림을 알 수 있어?"

"아이스크림은 차가운데, 아이스크림을 먹는 아이들 얼굴은 따뜻해. 아이스크림은 차갑고 따뜻해. 눈이랑 비슷한 거 같아."

"그게 뭐야? 어떤 모양인지 진짜로 어떤 색깔인지 알아야지. 너는 차갑고 따뜻한 거밖에 모르잖아. 그래서 도둑을 잡을 수 없는 거야. 넌 달달 가게에 정말 쓸모없어. 그러니 아저씨가 버리려는 거야."

뜬눈이는 알로기가 가장 마음 아파하는 말을 해버렸어.

"그래. 나는 이제 쓸모가 없어. 하지만 나도 한때 쓸모가 있었지. 사람들이 체온을 재야 할 때는 말이야. 뜬눈이 너는 나처럼 버려질 일은 없겠지."

뜬눈이는 자기가 너무 심했던 거 같았어. 하지만 틀린 말도 아닌데 신경 쓰이는 게 짜증이 나지 뭐야. 뜬눈이는 손님을 기다리는 척 가게 밖으로 눈을 돌려버렸어.

알로기도 가게 구석진 곳에서 쓸쓸하게 밖을 내다봤지.

언젠가 갑자기 소나기가 오던 날이었어. 비가 그쳤을

때 알로기는 손님들이 '무지개'라고 외치는 걸 들었어. 알로기는 그때 사람들의 온도를 기억해. 심장에서부터 서서히 번지던 온기를 말이야.

전염병에 걸린 사람을 찾기 위해서만 온도를 재던 알로기는 '말'에도 온도가 있다는 걸 알게 된 거야.

'뜬눈이는 모르겠지. 보이는 것만 믿으니까.'

알로기는 들릴 듯 말 듯 하게 중얼거렸어.

거리를 오가는 사람들은 이제 대부분 마스크를 쓰지 않아. 전염병이 돌기 시작한 지 3년 만이야. 예방약도 없는 전염병이 처음 돌기 시작했을 때, 아이들이 학교에 가지 못하는 날이 많았고 직장을 잃은 부모들도 많았지. 알로기가 달달 가게로 온 건 그때였어. 알로기는 사람들의 열을 재고, 열이 37.5도가 넘는 사람을 찾으면 윙윙 큰소리로 고함을 쳤던 거야.

"저 아이 잡힐까?"

알로기가 침묵을 깨고 말했어.

"당연히 잡아야지. 물건을 훔쳤잖아. 내가 꼭 잡을 거야."

"그렇지. 그런데 그 아이 좀 이상했어. 발이……."

그때였어. 딸랑, 유리문이 열리고 차가운 바깥바람이 가게 안으로 훅 들이쳤어. 그 아이야. 알로기는 단번에 알 수 있었어. 물론 뜬눈이도 금방 알아챘고.

"잡았다! 젤리를 훔친 도둑."

까만 패딩을 입고 흰색 마스크를 쓴 아이가 들어와 진열대를 두리번거렸어. 아이는 곧 젤리가 놓인 진열대 앞에서 발을 멈췄어. 바닥에 놓인 알로기에게는 아이의 다리와 발이 더 잘 비쳤지. 추운 날 밖에서 오래 헤맸는지 알로기의 가슴에 비친 아이의 발과 발목은 파란빛이었어.

"어떡하지? 도둑이 나가기 전에 알려야 하는데."

뜬눈이는 마음이 급했지만 눈만 이리저리 굴릴 수밖에 없었어. 그러다 퍼뜩 좋은 생각이 떠올랐어.

"알로기! 어서 고함을 쳐!"

뜬눈이가 알로기를 내려다보며 다급하게 외쳤어.

"안 돼! 저 아이는 체온이 정상이야. 열도 안 나는데 소리칠 수 없어."

"무슨 소리야? 지금이 기회야. 저 아이가 또 언제 올지 모르잖아. 어서 소리치라고."

"싫어."

"너 아까 내가 쓸모없다고 해서 일부러 그러는 거지?"

뜬눈이와 알로기가 다투는 사이 아이는 수박 모양 젤리를 집어 들더니 곧장 문으로 향했어. 나가려던 아이는 그제야 문에 붙은 자기 사진을 발견하고 걸음을 멈췄지.

아이가 손에 든 젤리 봉지를 만지작거리며 뜬눈이를 올려다보자, 뜬눈이는 애가 바짝바짝 탔어.

"아, 눈 뜨고 코 베인다는 게 이런 거구나. 이제 다시는 안 올 거야. 다 너 때문이야."

뜬눈이가 아무리 투덜거려도 알로기는 모른 척했어. 삐쳐서 도둑을 보내주다니, 뜬눈이는 역시 알로기가 없는 게 낫다고 생각했어. 그때 아이가 뜬눈이를 향해 꾸벅 인사를 하는 거야. 그 모습에 뜬눈이는 더욱 화가 났어.

"쟤 나를 놀리는 거지?"

딸랑. 아이는 재빨리 문을 열고 나가버렸어. 훅 들어온 찬바람에 알로기의 가슴에서 노랗고 붉은빛들은 사라지고 파란빛만 일렁거렸어.

이틀이 지났어. 여전히 바깥은 추웠고 젤리 도둑은 아직 잡지 못했지. 가게에 온 사람들은 한 번씩 사진을 훑어봤지만.

"저거 붙여 놓으면 뭐해? 도둑이 다시 오겠냐고."

뜬눈이가 투덜대자 알로기는 더 움츠러들었어. 주인아저씨가 버리기 전에 구석에서 연기가 돼 사라질 것처럼.

그때 밖을 내다보던 뜬눈이가 외쳤어.

"어! 왔어! 왔어!"

까만 패딩에 달린 모자를 푹 덮어쓰고 가게 앞에서 그 아이가 기웃거리고 있었어. 가게 안에 있던 손님이 아이를 쳐다보자 아이가 유리문에서 슬쩍 떨어졌어. 뜬눈이는 겁 없는 저 도둑을 꼭 잡아야겠다고 생각했어. 그러다 아이 발을 보게 됐지.

"운동화는 어디 두고 실내화를 신고 돌아다니는 거야. 바지는 왜 또 저렇게 짧아?"

뜬눈이는 아이의 모든 것이 못마땅했어. 구석에서 뜬눈이의 말을 듣고 있던 알로기가 알겠다는 듯 중얼거렸어.

"그래서 발이 차가웠구나. 저 아이 왠지 이상하다고 생각했어."

뜬눈이는 의아해서 눈이 동그래졌어.

"발이 차가운 게 이상한 거야?"

"겨울인데 얼마나 춥겠어. 추우면 마음까지 춥잖아. 이 바보야!"

알로기는 뜬눈이가 너무 답답해서 버럭 소리를 질렀어.

순간 가게 안에 있던 사람들이 일제히 얼어붙은 것처럼 멈춰버렸어. 알로기가 크게 소리치는 바람에 경보음이 울려댔거든.

사람들은 그 자리에 멈춰서 눈만 이리저리 굴렸어. 뜬 눈이도 깜짝 놀라 눈을 끔뻑거리고. 그 바람에 찌직 전기 튀는 소리가 났어.

가게 안은 무섭게 조용했어. 또 전염병이 퍼진 건 아닌지 사람들은 더럭 겁부터 났던 거야. 사람들은 숨도 쉬지 않고 참고 있었지.

몇 분 뒤 여자 손님 한 명이 아이를 데리고 후다닥 가게를 뛰쳐나갔어.

그제야 얼어붙어 있던 사람들도 움직이기 시작했어. 사람들은 열이 나는지 확인하려고 알로기에게 모여들었어. 사람들이 알로기에게 모여든 건 정말 오랜만이야. 알로기의 가슴에는 사람 모양의 알록달록한 무늬들이 이리저리 움직이고 있었어.

언젠가부터 알로기는 마음속으로 바라고 있었어. 바이러스가 사라지고 사람들이 아프지 않기를. 그렇다고 자신이 버려지길 바란 것은 아니었어. 알로기는 자신이 더 이상 쓸모없다는 게 너무 슬펐을 뿐이야.

갑자기 경보음도 뚝 그쳤고, 가게 안에서 37.5도가 넘는 사람은 찾을 수 없었지. 하지만 놀란 사람들은 이미 가슴이 덜렁했어.

"기계가 고장 났나 봐요. 휴⋯⋯."

한 남자 손님이 안도하며 말했어.

"아이스크림은 다음에 사고, 오늘은 그냥 가자."

남자 손님은 자신과 키가 비슷한 남학생과 함께 나갔어. 뒤따라 나머지 손님들도 우르르 가게 문을 빠져나갔지. 그 틈에 젤리를 훔쳤던 아이가 가게 안으로 슬쩍 들어섰어. 뜬눈이는 깜짝 놀라서 하마터면 또 알로기를 찾을 뻔했지.

"바보라고 해서 미안해. 나도 모르게 그만⋯⋯."

구석에서 알로기가 쩔쩔매며 사과했지만 뜬눈이는 입만 삐죽거렸어. 자기한테 바보라고 소리쳐서 손님들을 다 내쫓았으면서, 젤리 도둑은 모른 척할 게 뻔했거든.

뜬눈이는 아이를 뚫어져라 쳐다봤어. 마스크에 얼굴이 반쯤 가려졌지만 이번에야말로 제대로 찍어둘 참이었어.

남자아이는 쭈뼛거리며 젤리가 놓여 있는 진열대 앞으로 갔어. 단무지 젤리, 지렁이 젤리, 포도 젤리, 복숭아 젤리, 콜라 젤리, 곰돌이 젤리⋯⋯. 아이는 젤리에 온 정신이 팔려 있었어. 뜬눈이는 아이의 발을 내려다봤어. 온도를 느낄 수 없는 뜬눈이는 차가운 게 뭔지 몰라. 뜬눈이는 도대체 발이 어쨌다고 알로기가 소리친 건지 또렷이 보려고 했지.

아이는 목이 짧은 양말에 발목이 드러나도록 껑충한
바지를 입었어. 발에 신은 실내화는 얇아서 바람이 숭숭
통할 것 같았지. 마스크와 긴 패딩이 아이의 발과 다리를
가리지는 못했던 거야.

하지만 뜬눈이는 그 모습이 어떻다는 건지 알 수 없었
어. 뜬눈이도 나름대로 아이에 대해 곰곰이 생각해 봤지.

"바보는 저 도둑 아니야?"

바보라는 소리를 들은 게 억울했던 뜬눈이가 말했어.

"무슨 말이야?"

알로기가 되물었어.

"꼭 하나만 훔쳐 가잖아. 이번에도 달랑 젤리 한 봉지
만 가져갈 걸."

"망설이는 거야. 훔치는 게 나쁜 일인 줄 아는 거 아닐까?"

"흥, 그러면 훔치지 말아야지. 그동안 이런 애들 한두 명 본 줄 알아?"

뜬눈이는 자신만만해서 아이를 유심히 지켜봤어.

알로기도 가슴에 비친 아이의 움직임을 감지하고 있었지. 아이는 숨죽인 고양이처럼 조용히 웅크리고 다녔어. 달달 가게에 처음 왔을 때도 그랬어. 밖에서 오래 돌아다닌 길고양이처럼 움츠린 채 머뭇머뭇했거든. 이 아이는 '반짝반짝'이라든지 '기쁨'이란 말과는 거리가 멀 것 같았어. 알로기는 아이가 한구석에 처량하게 처박힌 자신처럼 느껴졌지.

아이는 한참을 망설이다 정말 콜라병 모양의 젤리 한 봉지만 집어 들었어. 그리고 뜬눈이를 쳐다보더니 저번처럼 꾸벅 인사를 했어. 한데 뜬눈이는 깜짝 놀라서 전원이 꺼질 뻔했어. 지난번에는 분명 아이가 놀리는 줄 알았는데 오늘은 그게 아닌 것 같았거든.

그때 구석에서 알로기가 윙윙 소리를 내며 울기 시작했어. 뜬눈이는 너무 놀라서 외쳤어.

"갑자기 왜 이러는 거야? 저번에는 모른 척하더니!"

"저 아이는 안 돼. 나처럼 버려지면 안 돼!"

알로기는 마지막 힘을 다해 소리 질렀어. 그 바람에 아이는 깜짝 놀라 젤리를 떨어뜨렸어. 도망가고 싶은데 발이 떨어지지 않았지. 알로기는 달달 가게에 온 후로 가장 큰 소리로 울어댔어. 여기 이 아이를 봐 달라고.

알로기의 울음이 가게 밖까지 요란하게 울려 퍼지자, 지나가던 사람들이 유리문으로 가게 안을 들여다보기 시작했어. 아이는 금방이라도 눈물이 떨어질 것 같은 눈으로 오들오들 떨고 있을 뿐이었어.

한 아주머니가 유리문에 붙은 종이에서 번호를 발견하고 주인아저씨에게 전화를 했어. 가게 앞 아파트에 사는 주인아저씨는 정말 총알처럼 달려왔어. 가게 문을 버럭 열어젖히고 가게로 들어선 주인아저씨는 바로 알아챘어. 그 아이가 젤리 도둑이라는 걸.

주인아저씨는 도망가려던 아이의 어깨를 덥석 잡아챘어. 아이가 버둥거렸지만 소용없었어. 힘에 부친 아이는 엉엉 울기 시작했어. 아저씨는 재빠르게 알로기를 보며 체온을 확인했지. 경보음이 울리는 이유를 알 수 없었지만 괜찮았어.

'버리지 않고 두길 잘했어. 도둑을 잡을 줄은 몰랐지만.'

하지만 도둑을 잡았다는 기쁨도 잠시, 주인아저씨의

60

표정은 금세 난감해졌어.

얼굴이 빨갛게 상기된 아저씨 눈에 아이의 옷차림이 들어왔던 거야. 꼬질꼬질한 실내화를 신고 발목이 보이는 바지를 입고 있었거든. 뜬눈이가 눈을 부릅뜨고 찍기는 했지만 주인아저씨 눈에 아이의 발은 잘 들어오지 않았던 거야.

"무슨 일이에요?"

"이 애는 누구예요? 애가 많이 놀랐나 보네요."

가게에 몰려든 사람들이 물었어. 주인아저씨가 머뭇거리며 대답을 못 하는 사이, 사람들은 알로기에게 몰려들었어. 다들 자신의 온도는 괜찮은지 확인하려고 말이야. 자신을 에워싼 사람들의 온기를 감지한 알로기는 가슴이 벅찼어. 초록, 빨강, 노랑으로 알록달록한 사람들 모습이 알로기 가슴에 아른거렸지. '사람'이란 말을 '무지개'로 기억하겠다고 알로기는 되뇌었어. 이제 알로기는 자신이 이 가게에 없어도 괜찮을 것 같았어.

"오늘 이 기계가 왜 이래요?

"아까도 울려서 얼마나 놀랐는지 몰라요."

알로기의 울음이 멈추지 않자 사람들은 주인아저씨 쪽을 돌아보았어. 한 아주머니는 손으로 이마를 짚으며 고개를 갸웃거렸어.

주인아저씨는 할 수 없이 구석에 있는 알로기에게 걸어가 전원을 껐어. 알로기의 가슴을 가득 채웠던 색들이 순식간에 어둠 속으로 사라져버렸지.

요란했던 소리가 뚝 끊기자 달달 가게에는 갑작스런 정적이 흘렀어. 뜬눈이는 잠든 알로기를 멍하니 내려다볼 뿐이었어. 무언가 소중한 것이 사라진 것 같았거든. 이내 뜬눈이는 사람들의 말소리에 퍼뜩 정신이 들었어.

"괜찮니?"

"많이 놀랐지?"

"이름이 뭐야?"

사람들이 눈물범벅인 얼굴로 얼떨떨하게 서 있는 아이에게 다가가고 있었어. 그 옆으로 가게 문에 붙은 사진을 슬쩍궁 떼어내는 주인아저씨도 보였지. 뜬눈이는 이 모습을 고스란히 눈에 담았어.

숲속 보물찾기

강보경

딴생각하기를 좋아해요. 쓸데없을 것 같던 딴생각을 요리조리 빚어 동화로 만드는 꿈같은 일을 하고 있지요. 2020년 KB창작동화제 우수상을 받았고, 2024년 서울신문 신춘문예에 동화가 당선되었어요. 아이가 어렸을 때 숲 체험에 갔다 오면 가방 안에 귀여운 도토리가 한 주먹씩 들어 있었어요. 저는 아이에게 알려주고 싶었어요. 재미로 갖고 오는 도토리가 숲속 동물들에게는 겨울을 나기 위한 소중한 먹이라는 것을요. 그래서 「숲속 보물찾기」를 썼어요.

매주 월요일은 숲으로 가요. 숲 체험이 있기 때문이지요. 무덥던 여름이 가고 가을이 살랑살랑 찾아왔어요. 맑고 높은 하늘, 복슬복슬한 구름, 따뜻한 햇볕, 선선한 바람.

　나는 가을 숲이 좋아요, 가을 숲에는 보물들이 한가득 숨겨져 있거든요. 소나무 밑 솔방울, 도토리나무 밑 도토리, 밤나무 밑 밤……. 숲에서 찾을 수 있는 나만의 보물들이에요.

　"안녕하세요."

　버스에서 내려 숲 해설가 선생님께 인사를 했어요. 그리고 해설가 선생님의 설명을 들으며 산책로를 걸었어요.

　딱 다다닥 딱 다다닥.

　소리가 나는 쪽으로 고개를 돌려 주위를 살펴봤어요. 나무껍질을 야무지게 잡고, 곧게 서서 나무 기둥에 구멍을 내는 딱따구리예요.

　"자작나무에 딱따구리가 구멍을 파고 있네요. 뭐 하는

걸까요?"

숲 해설가 선생님께서 질문하셨어요.

"집을 만들고 있어요."

우리는 자신 있게 대답했어요.

구멍 파기에 열심이던 딱따구리가 큰 목소리에 놀랐는
지, 비밀을 들켜 부끄러웠는지 후다닥 날아갔어요. 아마
도 우리가 자리를 비켜주면 다시 와서 집을 마무리 짓겠
죠?

숲에는 밤하늘의 별만큼 예쁜 단풍나무가 있어요. 여
름에 반짝이는 햇살을 배경 삼아 떠 있는 초록색 별들도
멋지지만, 가을 숲을 다채롭게 장식하는 빨간 별들은 정
말 멋져요.

"다람쥐다."

나는 까만 눈을 반짝이며 앞발을 모으고 나무 위에서
고개를 갸우뚱하고 있는 다람쥐를 발견했어요. 안경을
쓴 것처럼 눈 둘레에 하얀 털이 나 있어요. 모두 다람쥐
가 도망갈까 입도 뻥긋하지 않고 바라봤어요. 우리와는
다르게 모든 구경이 끝난 듯 다람쥐는 빠른 속도로 제 갈
길을 갔어요.

"이제 점심 먹자."

선생님이 외쳤어요. 우리는 숲속 안 거대한 둥지 같은

넓은 평상에 돗자리를 깔았어요. 그리고 아침에 엄마가 싸 준 도시락 뚜껑을 열었어요. 가지런히 담겨 있는 김밥이 먹음직스러워요.

맑은 공기 덕분일까요? 많이 걸어 배가 고픈 탓일까요? 숲에서 먹는 도시락은 정말 맛있어요. 점심을 다 먹고 나면 돌아갈 때까지 기다리던 자유시간이에요. 빨리 놀고 싶어 허겁지겁 김밥을 먹었어요. 옆의 친구들도 도시락 먹기에 속도를 붙였어요.

우린 도시락을 비우고, 신발을 매만져 신고, 보물찾기에 나섰어요. 알록달록한 낙엽들 사이사이를 샅샅이 살폈어요.

"주한아, 이것 봐. 정말 작지? 아마 이 숲에서 가장 귀여운 솔방울일 거야."

다연이가 작은 솔방울을 손에 쥐고 소중한 보물인 듯 자랑했어요.

"귀엽네."

나는 슬쩍 보고는 대충 대답했어요. 솔방울을 감상하고 있을 시간이 없었거든요.

오늘의 보물은 도토리예요. 도토리를 한 아름 안고 집에 갈 생각에 마음이 바빠졌어요. 낙엽 밑에서 도토리 하나, 돌 틈에서 도토리 두 개, 바닥을 꼼꼼히 살폈어요. 하나는 밤처럼 크고 둥글고, 다른 것은 피식 웃음이 날 만큼 작고 귀여워요. 또 다른 것은 특별히 반질반질 윤이 나고, 다른 하나는 길쭉한 모양이 우습게 생겼어요. 내 주머니 안에 도토리가 쌓였어요.

만족스러운 마음에 허리를 펴고 주먹으로 땅땅 쳤어요. 그런데 주변을 둘러보니 친구들이 없었어요.

심장이 두근두근 요동쳤어요. 머릿속이 검은색 물감을 쏟아놓은 것 같았지요. 나뭇가지에 위태롭게 매달린 나뭇잎들이 바람에 흩날렸어요. 나뭇잎들은 둥둥 느린 동작처럼 떨어졌어요. 그 소리는 멀리서도 들리는 텔레비전 소리처럼 크게 들렸어요. 순간 정신을 바짝 차려야겠다는 생각이 들었어요.

숨을 깊게 들이쉬고, 마른침을 꼴깍 삼켰어요. 그러고 나니 너무 깊이 들어왔다는 후회가 들었어요. 어떻게 돌아갈지에 대한 생각이 머릿속을 가득 채웠지요.

바스락바스락.

그때 떡갈나무 위에서 다람쥐 한 마리

가 내려왔어요. 산책
로에서 보았던 눈 둘레에
안경처럼 하얀 털이 나 있
는 다람쥐였어요.

"너 여기서 뭐 해?"

다람쥐가 동그란 눈
을 더 동그랗게 뜨고
물었어요.

다람쥐가 말을 하네? 다
람쥐가 말을 하니 꿈처럼 느
껴졌어요. 하지만 이건 꿈이 아니
었죠. 많이 걸어서인지 발이 축축하게 느껴졌고, 바
들바들 떨리는 손에서도 식은땀이 났거든요. 꿈에서
는 땀이 나지 않잖아요.

"너 여기서 뭐 하냐고? 어떻게 들어왔어?"

다람쥐가 내 앞으로 바짝 다가서며 다그쳤어요.

"나, 길…을… 잃었어."

다그침에 대답은 했지만, 내가 대답을 하는 게 맞는지
모르겠어요.

"여기는 사람이 들어오기 힘든 곳인데…….. 여긴 사람
들의 길이 없거든. 아름드리나무들이 막아주고 있어서

들어올 엄두도 안 날 거고. 여긴 우리 동물들만의 장소야."

다람쥐의 말을 듣고 아무리 생각해 봐도 여기에 어떻게 들어왔는지 알 수가 없었어요. 나는 그저 도토리를 찾기 위해 낙엽을 훑으며 걸었어요. 도토리 찾기를 끝내고 허리를 폈을 때는 여기였지요.

"미안해. 들어오려고 들어온 게 아니야. 나도 정신을 차렸을 때 여기였거든."

"그럼 얼른 나가."

다람쥐가 내 속도 모르고 툭 내뱉었어요.

"나도 친구들이 있는 곳으로 돌아가고 싶어. 그런데 길을 모르겠어. 나 좀 데려다줄 수 있어?"

나는 정중하게 부탁했어요. 책 속에서 보던 산신령님이라도 목 놓아 불러야 하는 상황이었으니까요.

"에효. 나 정말 바쁘거든. 그리고 사람들 일에 참견하는 것 정말 귀찮거든. 하지만 너를 여기에 두면 사람들이 너를 찾겠다고 숲을 들쑤시겠지? 그러면 우리의 조그만 안식처가 들통날 수 있으니까 도와주는 거야."

사실 다람쥐의 말에 기분이 조금 상했어요. 나무를 오르락내리락하는 게 뭐가 중요하다고 바쁜 척을 하고, 사람들 일이라고 냉정하게 말하는 녀석이 얄미웠지요. 하지만 지금은 내가 도움을 받는 입장이잖아요. 나는 아무 말도 하지 않고 눈만 천천히 깜빡였어요.

"빨리 따라와. 네가 없어진 걸 사람들이 알아채기 전에 서두르는 게 좋겠어."

다람쥐와 알록달록 물든 낙엽 위를 달리기 시작했어요. 어찌나 날쌔게 달리는지 정신을 바짝 차리고 쫓아도 놓치기 일쑤였어요. 하지만 놓쳤다 싶으면 저 멀리 나무 뿌리 위에서 앞발을 모으고 기다려 줬어요. 그 모습에 길을 잃고 내내 요동치던 심장이 잔잔해졌어요. 심지어 조금 재미있기까지 했어요. 잡기놀이 같기도 했고, 숨바꼭질 같기도 했거든요.

"다람쥐야, 우리… 좀… 천천히 가면 안 될까?"

전속력으로 다람쥐 옆에 바짝 붙어서 거친 숨을 헐떡이며 얘기했어요. 다람쥐는 들은 척도 하지 않았어요.

"넌… 헉헉, 이름이 뭐야?"

처음 만나는 친구한테 가장 먼저 하는 질문이잖아요. 이름 물어보는 것. 대답하기도 쉬우니 답해주겠죠? 그러면 대화하면서 천천히 갈 수 있겠다고 생각했어요.

"난 이름 같은 거 없거든?"

다람쥐가 퉁명스럽게 대답했어요.

순간 너무 화가 났어요. 왜 이렇게 날카롭게 구는지.

나 때문에 귀찮아졌다고 해도 이렇게 무안하게까지 할 필요는 없잖아요.

"아니, 좀 좋게 말해 주면 안 돼? 나 데려다주는 거 고마워. 그리고 뭐가 그렇게 바쁜지 모르겠지만, 네 바쁜 시간 뺏어서 정말 미안해. 하지만 그렇게 말해야 해? 도대체 뭐가 그렇게 바쁜데?"

솔잎처럼 뾰족한 다람쥐의 대답에 내 말투도 뾰족해졌어요. 잠깐 놀란 것 같던 다람쥐가 목소리를 높였어요.

"다 인간들 때문이잖아. 어쩜 그렇게 욕심이 많니? 세상에 먹을 것도 많으면서 산속에 있는 도토리며, 밤이며

72

그렇게 싹 다 주워가야 속이 시원해? 덕분에 겨우내 먹을 음식 찾기가 얼마나 어려운지 알아? 나는 겨울 동안 먹을 식량을 찾아 저장해 놔야 한다고. 그래서 바쁜 거야. 알겠어?"

　다람쥐의 대답에 할 말이 없었어요. 내 주머니에도 도토리가 가득 들어 있잖아요. 내 주머니를 가득 채우긴 했지만, 결코 많은 양이 아니니 괜찮다고 생각했어요. 내가 가져가도 숲에는 도토리가 많이 남아 있을 거라고 생각했죠. 말없이 앞만 보고 달리는 다람쥐를 따라 걸었어요. 주머니가 점점 무겁게 느껴졌어요.

　다람쥐가 갑자기 멈춰 섰어요. 둘레가 큰 밤나무 뒤쪽에서 무엇인가 움직였거든요. 다람쥐가 몸을 숙이고 조용히 그쪽을 살폈어요.

　멧돼지예요. 어찌나 화가 났는지 씩씩거리며 몸을 바들바들 떨고 있었어요.

　"너도 숲에 있는 우리 먹이를 훔치러 왔지?"

　뭐라고 대답할 틈도 없이 멧돼지가 무서운 속도로 나를 향해 달려들었어요. 나는 뒷걸음질 치다 뒤로 꽈당 넘어지고 말았어요. 눈을 질끈 감고 고개를 돌렸어요.

　"안 돼요, 멧돼지아저씨! 얘는 제 친구예요. 우리 먹이를 훔치러 온 것이 아니에요."

다람쥐가 멧돼지아저씨를 막아서며 소리쳤어요.

"먹이를 훔치러 온 것이 아니라고?"

씩씩거리던 멧돼지아저씨는 나를 쏘아보면서 천천히 다가왔어요. 숨을 가다듬고, 바닥에 철퍼덕 앉아 있는 나를 유심히 살펴봤지요. 그러곤 불룩한 내 주머니에 코를 대고 킁킁댔어요. 멧돼지아저씨의 눈빛이 매서웠어요.

"그러면 이 주머니에 있는 건 뭐야? 도토리 냄새가 분명한데?"

다람쥐는 그제야 도토리로 불룩한 내 주머니를 발견했어요.

"저한테 도토리를 찾아 주고 있었던 거예요. 이제 이 숲에서 나갈 거예요."

멧돼지아저씨의 한껏 올라가 있던 어깨가 차츰 내려앉았어요.

"인간들이 하도 우리 먹이를 훔쳐 가니 당연히 도둑인 줄 알았지. 얼른 이곳에서 나가!"

멧돼지아저씨가 무뚝뚝한 목소리로 외쳤어요. 그리고 다리를 절뚝거리며 아름드리나무 길로 들어갔어요.

"멧돼지아저씨가 나한테 달려들다가 다리를 다쳤나 봐. 절뚝거리는데? 괜찮을까?"

나는 멧돼지아저씨가 숲속으로 사라질 때까지 바라보

며 말했어요.

"저건 지난겨울에 다친 거야. 배고픔을 참지 못하고 근처 마을로 내려갔거든. 그런데 사람들이 덫을 설치해 놨나 봐. 그때 덫에 걸려 다쳤대. 총도 쏘고 한다는데 저만하길 천만다행이야."

"사람들이 힘들게 농사지은 걸 훔쳐 먹으려고 하다가 다친 거구나? 큰일 날 뻔했네."

"멧돼지아저씨도 어쩔 수 없어서 그런 거야. 숲에서는 먹을 것을 찾을 수 없었으니까. 겨울 동안 먹지 못하면 죽을 수도 있잖아."

다람쥐가 억울하다는 듯 말했어요. 나는 겨울 숲에 먹을 것이 그렇게 없는지 몰랐어요. 아니 생각해 보지도 않았지요.

다람쥐가 불룩한 내 주머니를 잠시 바라봤어요. 그러곤 아무 말 없이 앞장서서 달렸어요. 내 주머니에 도토리가 가득 있다는 걸 아는데 왜 아무 말도 하지 않죠? 나는 몰랐다고, 나 하나 갖고 가는 건 괜찮은 줄 알았다고 얘기하고 싶었어요.

"저기 네 친구들 보이지? 늦지 않아 다행이야. 난 이제 돌아갈게."

나는 발밑에서 굵은 나뭇가지를 주웠어요. 그리고 상

수리나무의 울퉁불퉁 튀어나온 뿌리 옆에 땅을 팠어요. 내 두 주먹이 들어갈 만큼이요.

"뭐 하는 거야? 얼른 가."

재촉하는 다람쥐의 말에 아랑곳하지 않고, 오는 내내 돌덩이처럼 무겁던 주머니 속 도토리들을 구멍 안에 넣었어요. 그 위에 흙을 덮고, 바스락거리는 나뭇잎을 올렸어요. 그리고 나뭇가지를 꽂았죠.

"이거 내가 찾은 보물들이야. 겨울에 먹을 것이 없거든 먹어. 잊어버리지 않을 수 있지?"

다람쥐는 멀뚱히 내 모습을 지켜보고만 있어요. 나는 다람쥐를 향해 손을 흔들었어요. 그리고 비워진 주머니만큼 가벼워진 마음으로 친구들을 향해 달려갔어요.

바다를 건너온 꿈

박연주

동화와 동요, 비눗방울 불기를 좋아하는 어른이^^예요. 세상 모든 사람들의 마음속 동심이 오래도록 남아 있길 소망해요. 2024년 「독수리 구조대」로 천재교육 밀크T창작동화공모전 단편과학동화 부문에서 수상했어요. 「바다를 건너온 꿈」은 19세기 말 조선의 지게꾼 소년 복남이가 제물포항에서 서양인을 처음 만나고, 도움을 받고, 미래를 향한 꿈도 품게 되는 이야기예요. 복남이처럼 여러분들의 빛나는 꿈 찾기도 응원해요!

"복남아, 오늘은 네 아버지가 일을 못 나가겠구나. 잔심부름 거리라도 있을지 네가 대신 나가보렴."

어머니의 말을 뒤로 하고 복남이는 지게를 지고 항구를 향해 서둘러 걸었다.

오늘은 일본에서 큰 배가 들어오는 날이다. 갯가에 도착해 보니 벌써 지게꾼들 여럿이 줄을 지어 앉아 있었다.

'일감을 얻으려면 배 손님이 내리는 곳 가까이에 기다리고 있어야 하는데……'

지게꾼들과 왁자지껄한 구경꾼들의 틈바구니에서 덩치가 작은 복남이는 이리저리 휩쓸려 다녔다. 그러다가 겨우 해안가 끄트머리에 자리를 잡았다.

"배다! 배가 들어온다!"

누군가 크게 소리쳤다.

일본에서 출발한 배는 제물포항 근처에 도착하여 물때를 기다렸다. 그리고 밀물이 되자 거룻배로 사람과 짐을 육지로 실어 내렸다. 물건을 잔뜩 짊어진 사람, 제복을 입은 군인 여럿이 배에서 내렸다. 그 뒤로 한 무리의 양인(서양인)들이 내리기 시작했다.

양인을 처음 본 복남이는 놀라서 눈이 동그래졌다.

'저것이 사람의 모양새인가? 머리카락이랑 수염은 노랗고 눈동자는 왜 저렇게 파랗지? 영 사람 같지 않네.'

생각이 거기 즈음 다다랐을 때였다.

배에서 갯가로 연결된 널빤지 위로 양인 무리 중 한 부인의 모습이 나타났다. 부인은 어깨가 봉긋하고 허리가 잘록하며 커다란 항아리같이 긴 치마를 입고 있었다. 게다가 머리에는 꽃으로 장식된 모자까지 쓰고 있었다.

모자가 참 희한하게도 생겼다고 생각하는 순간, 갑자기 갯바람이 휙 불었다. 꽃 모자는 눈 깜짝할 사이 바람에 날려 복남이가 있는 곳 근처 바다를 살랑살랑 헤엄치고 있었다.

　복남이는 바짓단이 젖는 줄도 모르고 얼른 뛰어가서 모자를 주웠다. 그리고 부인에게 다가가 감히 얼굴을 보지 못한 채 모자를 내밀었다.

　부인은 미소를 지으며 처음 듣는 말소리로 뭐라고 말을 했다.

　"부인께서 고맙다고 하시는구나. 네 이름을 물으신다."

예수교 학당에서 온 통역 학생이 대신 말해 주었다.

"복남이, 복남이에요."

"등에 지고 있는 것이 뭐냐고 물으신다."

"아, 지게요? 아픈 아버지를 대신해서 손님들 짐을 나르고 돈을 좀 벌 수 있을까 해서요."

통역 학생이 부인과 한참 동안 말을 주고받더니 다시 말했다.

"부인께서 너에게 짐을 부탁하신다는구나. 저기 대불 호텔로 가시니 거기까지 짐을 옮겨줄 수 있겠느냐?"

"네에, 그러지요."

일감을 얻은 복남이는 좋아서 싱글벙글 입을 다물지 못했다.

짐을 지고 호텔에 도착하자 직원이 쪼르르 달려 나왔다. 그러더니 복남이가 지고 온 짐을 낚아채듯 들고 갔다. 엉거주춤 서 있는데 마침 가마를 타고 부인이 도착했다. 물건을 나른 삯을 주며 부드러운 미소와 함께 손까지 흔들어 주었다.

하루 벌이는 했다는 뿌듯한 마음으로 복남이는 바쁘게 집으로 향했다. 삼거리 느티나무 아래를 지날 때였다. 오늘 하루를 허탕 친 지게꾼들 서넛이 모여서 두런두런 이야기하는 소리가 들렸다.

"그 양인들 말이야. 어디에서 왔을까?"

햇볕에 타서 얼굴이 새까만 사내가 허연 이를 드러내며 호기심 어리게 말했다.

"그네들 나라는 스무날이 넘도록 바다를 건너야 갈 수 있다는구먼."

"아까 모자가 날아갔던 그 부인 말이야. 옆에 섰던 수염이 덥수룩한 이가 남편이고 또 양의(서양 의사)라지?"

복남이가 집 앞에 다다르자 어머니가 다급히 달려 나왔다.

"복남아, 큰일 났어. 네 아버지가 어젯밤부터 설사를 계속하더니 이젠 몸이 축 늘어지는구나. 어쩌면 좋으냐? 너 얼른 배다리에 가서 약방 어른 좀 모셔 오너라."

복남이는 아버지의 얼굴도 보지 못한 채 배다리로 내달렸다. 동네 어귀에서 친구들이 비석 치기를 하자며 불러댔지만 못 들은 척 쏜살같이 달렸다. 약방에 도착했지만 인기척이 없었다. 안절부절하고 있으니 약초꾼이 들어오며 약방 어른은 아픈 이가 있어 강화 섬으로 들어갔다고 했다. 사나흘은 지나야 돌아온다고…….

복남이는 맥이 풀린 채 힘없이 집으로 돌아왔다.

아버지는 밤새 설사를 계속했다. 아버지의 앓는 소리와 어머니의 한숨 소리를 듣다가 복남이는 까무룩 잠이 들었다.

얼마나 시간이 지났을까? 어머니의 흐느낌에 잠을 깼다.

"어머니 무슨 일이에요? 왜 이렇게 우세요?"

"복남아, 자꾸 불길한 생각이 드는구나. 동생들처럼 네 아버지도 하늘나라로 가 버릴까 봐. 흑흑……."

괴질로 두 동생을 먼저 잃은 어머니는 두려움에 가득 차 있었다.

"몇 해 전에 한양에서 설사하고 토하는 병이 창궐했을 때, 양의들이 아픈 사람들을 많이 고쳐주었다던데. 네 아버지도 양의나 한번 만나봤으면……."

어머니의 흐느끼는 소리가 점점 커져만 갔다. 복남이의 머릿속에 섬광처럼 지게꾼들의 이야기가 떠올랐다. 복남이는 집을 나와 댕기를 휘날리며 달리기 시작했다.

대불호텔 앞에 도착했다.

'이젠 어떻게 해야 하나?'

양의가 여기에 묵고 있다는 것은 알지만 그다음은 어떻게 해야 할지 몰랐다. 아버지의 다급함만 생각하고 무작정 호텔 입구로 들어섰다.

복남이는 호텔 안을 두리번거렸다. 때마침 몸집이 큰 일본인 주인과 눈이 마주쳤다. 호텔주인이 다짜고짜 소리치며 복남이를 후려쳤다. 거구의 손놀림 한 번에 복남이의 몸은 출입구 계단 아래로 굴러떨어졌다.

복남이는 터진 입술에서 비릿한 피 맛을 느꼈다. 흐르는 눈물을 소매 끝으로 닦으며 터벅터벅 걷고 있는데, 저 멀리 바다로 난 길 끝에서 산책을 마치고 돌아오는 양의 부부와 통역 학생이 보였다. 복남이는 얼른 달려가 무릎을 꿇고 울먹이며 말했다.

"나리, 나리, 저희 아버지 좀 살려주세요. 아버지가 다 죽어가요. 제발요. 흑흑……."

옆에 섰던 통역 학생이 복남이의 사정을 자세히 듣고 양의에게 옮겨 주었다.

"나리께서 네 아버지를 만나 보겠다고 하시는구나."

어느 틈엔가 왕진 가방을 챙겨 온 부인이 복남이를 애처롭게 쳐다보았다.

양의를 태운 가마는 다급하게 소나무골로 향했다. 가마꾼의 고함이 온 동네를 들썩였다. 그 소리에 놀란 어머니가 버선발로 마당에 나왔다. 어머니는 눈앞에 서 있는 턱수염 덥수룩한 양의의 모습에 눈이 커지고 벌어진 입을 다물지 못했다.

"어머니 양의를 모시고 왔어요. 얼른 아버지께……."

낮은 천장, 텁텁한 공기, 이가 득실거리는 방이지만 양의 나리는 조금의 찡그림도 없이 아버지를 살펴보았다. 그리고 어머니에게 병의 증상에 관하여 물었다. 또 벽에 붙어 있는 그림에 대해서도 자세히 물었다.

"호열자(콜레라)에 걸린 것 같다고 하십니다. 우리 조선에서는 호열자에 걸리면 쥐 때문에 생기는 병이라고 저렇게 고양이 그림을 붙여두지만 그게 아니라 하십니다. 이제 나리께서 일러 주는 대로 하셔야 병이 낫는다고 하십니다."

통역 학생이 말을 이었다.

"변을 본 후에는 손을 잘 씻고, 물과 음식은 꼭 끓여서 먹으라 하십니다. 그리고 집 안팎을 깨끗이 하라고 하십니다."

갈색 유리병을 내밀며 통역 학생이 계속 말했다.

"여기 약병을 두고 가니 잘 챙겨서 먹이라고 당부하십니다."

어머니는 연신 허리를 굽히며 일러준 대로 하겠다고 약속했다.

나리는 복남이의 어깨를 한번 쓰다듬고는 돌아갔다.

"복남아, 이게 어찌 된 일이야? 양의가 어떻게 우리 집에 다 오고?"

어머니의 물음에 복남이는 어제 제물포항에서 있었던 일과 오늘 아침의 일을 이야기해 주었다.

양의 나리는 그 후로도 여러 날을 복남이의 집에 찾아왔고, 그 정성이 닿았는지 아버지의 몸은 조금씩 회복되었다.

아버지의 병이 눈에 띄게 낫자, 어머니는 나리께 짚으로 고이 싼 달걀 꾸러미를 내밀며 눈물을 흘렸다.

그때 복남이가 나리의 앞에 나서며 큰소리로 말했다.

"나리, 우리 아버지를 낫게 해 주셔서 고맙습니다. 나리께 도움이 되는 일이라면 뭐든지 하고 싶어요. 마부도 좋고 종자도 좋아요. 뭐든 시켜만 주세요.”

복남이의 말을 전해 들은 나리는 빙그레 웃더니 '보이(boy, 시중드는 소년)'가 되어 줄 수 있겠냐고 했다.

“하지요, 하지요. 보이뿐 아니라 뭐든지 하지요.”

나리는 제물포에 새로운 거처를 마련했다. 그곳에서 복남이는 물을 긷고 대문을 지켰다. 혹 어두운 밤에 나리가 외출이라도 할라치면 커다란 종이 등을 들고 길을 안내했다. 나리의 왕진 길도 함께했다. 나리의 보이가 되어 어디든 따라다녔다. 그리고 복남이는 부인 마님의 배려로 영화학당으로 영어와 새로운 학문을 배우러 다녔다. 신학문은 복남이의 눈을 뜨게 해 주었다. 바다 건너에 새로운 세상이 있다는 것도 알게 되었다.

나리 부부가 제물포에 온 지도 시간이 꽤 흘렀다. 이젠 나리도 우리말을 제법 할 수 있게 되었다. 복남이도 어지간한 말은 영어로 할 수 있게 되었다.

비가 오는 어느 날 오후였다.

오랜만에 복남이는 나리와 대청마루에 앉아 비가 내리는 제물포항을 바라보았다. 둘만 앉아 있으니 머쓱해진 복남이가 망설이다 나직이 물었다.

“나리, 궁금한 게 있어요. 나리는 왜 조선에 오셨나요?”

먼바다를 바라보며 생각에 잠긴 듯 한참 만에 나리가

말했다.

"으음, 어느 날 하늘에서 온 빛나는 꿈 꾸엇써. 그 꿈 이루려고 제물포로 왓써."

말이 끊어지는가 싶더니 다시 이어졌다.

"그 꿈, 누군가에게 전해주려고 왓써."

나리가 복남이를 지긋이 바라보았다.

복남이는 잠시 머뭇거리다가 요즘 들어서 자꾸 커져만 가는 속마음을 슬며시 털어놓았다.

"나리, 저는요, 나리처럼 아픈 사람을 고쳐주는 의원(의사)이 되고 싶어요. 나리처럼 가난한 사람들에게 사랑으로 의술을 베풀고 싶어서요. 동생들처럼 약 한번 못 써 보고 죽는 아이들이 없게요."

복남이는 바다만큼 푸른 나리의 눈동자를 쳐다보았다.

나리가 흐뭇하게 웃었다.

반창고를 감은
소원 인형

안효경

2018년 KB국민은행 창작동화제 수상, 2019년 국제신문 신춘문예에 동화가 당선되었어요. 지은 책으로는 창작 단편 동화집 『외계인과 용감한 녀석』과 오디오북 『기억수선 세탁소』외 5권이 있고요. 우리 마음에는 자꾸만 숨고 싶고 달아나게 만드는 괴물이 살고 있어요. 우리 함께 괴물을 물리칠 꿈과 용기를 찾아 '소원 인형'을 타고 날아 볼까요? 우리 모두의 소중한 꿈을 응원하며 곧 만나길 기대하고 있을게요.

"휴우!"

도무지 집중이 안 된다.

"뭐야? 왜 아까부터 똥 마려운 강아지마냥 끙끙거리고 있어."

민아가 입을 가리고 속닥거렸다.

제일 좋아하는 미술 시간에 한숨만 내쉬고 있으니 이상하긴 할 거다. 도화지에 생각 없이 휘저어 놓은 동그라미가 회오리바람을 만들고 있었다. 교탁 앞에 앉아 계신 선생님을 힐끔거리고는 투덜거렸다.

"외할매가 빙판길에 넘어지셨어. 편찮으신데 시골집에 혼자 계셔."

민아의 눈썹이 치켜 올라갔다.

"뭐! 너 어릴 때 키워주신 할매 말이야?"

"어."

나도 모르게 입이 튀어나왔다.

"너 봐 준다고 너희 집에 계셨잖아."

"내가 쫓아냈어."

민아에게 말하다 보니 억울함에 짜증이 솟구쳤다. 내가 가라고 했다고 정말로 시골로 내려갈 줄은 몰랐다. 가신 지 얼마 안 돼서 사고가 난 거니까 내 책임인 것만 같았다.

외할매는 내가 초등학교에 입학하기 전까지 나를 키워주셨다. 엄마는 요즘같이 애 키우기 힘든 세상에 애는 하나만 낳아서 잘 키우려고 했단다. 그런데 오빠와 다섯 살 터울로 내가 생겨버렸다. 엄마는 오빠가 초등학교에 입학하고부터 나를 외할매한테 맡겼다.

엄마가 오빠 신경 쓰느라 태교며 먹는 것도 제대로 챙기지 못해서 내가 미숙아로 태어났다고 외할매는 내내 속상해 하셨다. 내가 또래에 비해 작은 편이긴 하다. 그렇지만 인큐베이터에 있었던 기억은 없으니까 괜찮다.

엄마가 오빠와 비교하면서 "미숙아로 태어나서 머리가 나쁜가"라고 중얼거렸을 때는 솔직히 서운한 마음이 들었다.

엄마나 아빠가 나한테 별 기대가 없다는 걸 안다. 오히려 그게 편하다. 공부 때문에 스트레스 주지도 않고, 어릴 때 외할매한테 떠맡긴 게 미안했는지 용돈도 잘 주시니까 말이다.

외할매 집에서 살았던 기억은 드문드문 있다. 수도가 있는 마당이 있었고 마당 귀퉁이에 작은 꽃밭이 있었다. 채송화, 붓꽃 등 외할매는 주로 키 작은 꽃들을 심었다. 내가 해바라기를 심자고 했더니 멋대가리 없이 혼자만 커다랗게 자라는 게 보기 싫다고 했다.

마당에 커다란 고무 대야를 놓고 빨래를 하면, 어느새 대야 안에 들어가 앉은 나까지 빨래가 되었다. 햇볕에 바짝 말린 빨래가 바람에 흔들려 그네를 탔다. 이유 없이 심통이 날 때면 깨끗이 빨아놓은 빨래를 마당에 끌어내려 밟곤 했었다.

"하이고, 저 똥고집 좀 보소. 당차서 뭐라도 되겠다."

외할매는 저지레를 한 나를 혼내기는커녕 되려 뾰로통한 볼을 쓰다듬어 줬다.

별이 총총히 뜨는 저녁이면 나를 무릎에 눕혀 놓고 귀지를 파주거나 자장가를 불러줬다. 신기하게도 잠이 솔솔 왔다.

"거북아, 거북아, 머리를 내어라. 내어놓지 않으면 구워서 먹을 끼라."

외할매가 자장가로 불러주던 노래다. 목욕을 시키거나 머리를 감겨 줄 때도 흥얼거렸다. 하도 들어서 외우는 날 보고, 아빠가 가락국의 임금인 수로왕을 맞이하기 위해 부른 노래라고 알려 줬다. 외할매가 나를 임금처럼 떠받든 건 아니다. 그렇지만 내가 뭘 먹고 싶은지, 어디 가고 싶은지, 하고 싶은 게 뭔지 늘 내 말에 귀 기울여 줬다.

외할매는 엄마의 구원 요청으로 시골에서 올라오셨다. 오빠가 고등학생이 되면서 엄마는 아예 헬리콥터맘이 되었다. 학교 앞에서 오빠를 기다렸다가 이 학원, 저 학원 태워주고 주말에도 도서관이나 특강으로 오빠 따라다니느라 바빠서 나한테 신경 쓸 겨를이 없었다.

외할매는 나와 한방을 썼다. 초저녁잠이 많은 외할매

가 일찍 불을 끄고 주무시는 것도, 코를 고는 것도 다 이해할 수 있었다.

"은주 니는 학원 없나? 우째 집에서만 빈둥거리노?"

소파에 엎드려 폰 게임에 빠져 있는데 외할매가 잔소리를 시작했다.

"없어. 외할매, 짜장면 시켜 먹을까?"

"뭔 소리고? 5학년이면 영어도 배와야제. 니 커서 유학도 간다 안캤나?"

외할매는 까마득히 잊고 있던 땅꼬마 적 이야기를 끄집어냈다.

"니 요새는 그림 안 그리나? 시골 있을 때 할매랑 해피도 그리고 산이며 들판 그림도 썩 잘 그렸다 아이가."

외할매의 잔소리는 잔잔한 가슴에 돌팔매질을 했다. 해피는 외할매 집에서 키우던 똥개였다. 마당 감나무 아래 개집에서 나온 해피가 꼬리를 살랑거리면 외할매가 해피 밥 먹으라고 손짓을 했다. 바람처럼 달려온 해피가 내 뺨을 축축한 혀로 핥으면,

"해피! 이거 지지야. 맘마 먹어."

하며 해피의 목에 매달리곤 했다. 지금 해피는 하늘나라에 있다. 졸음운전으로 비틀거리던 트럭이 나를 덮치려하자 해피가 내 앞으로 뛰어들었다. 외할매도 나이를 많

이 먹으니까 눈치가 없어지나 보다. 하필 해피 이야기를 해서 눈에 열이 올랐다.

나는 외할매 말은 들은 척도 않고 짜장면 곱빼기를 시켰다. 입에 잔뜩 짜장을 묻히며 배가 터져라 짜장면을 먹는 나를 외할매가 어이없다는 듯이 쳐다보았다.

"야야, 참말로 은주 자는 암 것도 안 시키나?"

외할매가 밤늦게 오빠를 앞세워 들어오는 엄마를 보자마자 말을 붙였다. 엄마는 피곤에 지친 표정으로 뭔 소린지 모르겠다는 눈으로 외할매를 바라보았다.

"은주, 자 말이다. 하루 죙일 놀기만 하던데……."

"아, 난 또 뭔 소리라고. 지 팔자가 상팔자지 뭐예요."

엄마가 대수롭지 않게 웃어넘겼다.

"공부도 타고난 재능이라고. 은주 쟤는 머리가 안 돼요. 하려는 의지도 없고. 학원이니 뭐니 돈 낭비할 일이 뭐가 있어요."

"뭐라꼬? 아를 그래 차별하면 몬 쓴다."

외할매가 기겁을 하며 손사래를 치는 모습이 열린 문틈으로 보였다. 여기까지 듣던 나는 쏜살같이 거실로 뛰어나갔다.

"외할매, 내가 가기 싫어서 안 가는 건데 왜 자꾸 간섭해."

내 눈에는 어느새 눈물이 고였다. 내가 괜찮다는데 외할매가 날 자꾸 불쌍하게 만드는 게 싫었다.

"거봐요, 엄마. 지가 가기 싫다잖아요. 일 도와 달라고 오시라고 했더니만……."

엄마가 골치가 아프단 듯이 흘러내린 앞머리를 쓸어 올렸다.

"아이다. 은주 자도 꿈 있다 아이가. 자 말 좀 들어보고……."

방으로 들어가려는 엄마를 외할매가 붙잡았다.

"외할매, 내가 괜찮다는데 자꾸 와 카노. 외할매가 뭐 안다꼬. 고마 가삐라. 외할매 없는 게 더 낫다."

나는 엄마가 들으라고 바락바락 소리를 질렀다. 외할매랑 살 때 쓰던 사투리를 다 고쳤다고 생각했는데 화가 나니까 사투리가 마구 터져 나왔다. 나는 그대로 방으로 들어가 문을 쾅 닫아버렸다.

외할매는 아침 일찍 아빠에게 시외버스 터미널로 바래다 달라고 하셔서 시골로 내려가 버렸다. 엄마는 도우미 아줌마를 불렀다. 엄마가 이따금 한숨을 쉬는 걸 볼 수 있었다.

그런데 며칠 전, 외할매가 장터에 다녀오다가 빙판길에 넘어져 다쳤다는 연락이 왔다. 급히 다녀온 엄마 말이

허리를 다치셔서 누워만 계신단다. 엄마는 일단 간병인을 붙여놓고 오셨다.

"흐유유우우."

외할매 생각을 하니 담벼락이 가슴을 짓누르는 것 같았다. 나도 가 봐야 하는데 왠지 외할매를 보는 게 겁이 났다.

걱정과 불행은 겹쳐서 온다는 말이 맞는가 보다. 집에 가는 길에 갑자기 후두둑, 후두둑 빗방울이 떨어지기 시작했다.

"아! 짜증 나. 되는 일이 하나도 없네."

나는 머리 위로 가방을 들쳐 쓰고 달리기 시작했다. 헉헉 숨을 내쉬며 도로변 가게 처마 밑으로 뛰어 들어갔다.

"으악! 뭐, 뭐야?"

숨을 고르고 있는데 뭔가가 내 점퍼 자락을 잡아당겼다.

"어이쿠! 많이 놀랐나 보구나."

눈이 휘둥그레져 돌아보았다. 빨간 털모자를 쓴 할아버지가 미소를 띠고 있었다. 할아버지의 유달리 빨간 주먹코와 흰 수염이 눈에 들어왔다.

할아버지 앞에 펼쳐놓은 돗자리 위에는 동물 인형들이

놓여 있었다. 토끼, 다람쥐, 고양이, 곰, 강아지, 고래, 부엉이 모양의 헝겊 인형, 도자기 인형이 하나같이 동그란 눈으로 나를 올려다보고 있었다.

나는 호기심에 인형들을 가리키며 물었다.

"뭐예요? 할아버지."

할아버지의 콧잔등에 걸쳐진 안경 너머 눈빛이 반짝였다.

"얘야, 실은 내가 산타란다. 루돌프가 끄는 썰매에서 졸다가 뚝 떨어졌지 뭐냐. 산타 마을로 돌아갈 여비를 구해야 해서 말이야. 그나마 인형 보따리와 함께 떨어졌으니 운이 좋았지."

할아버지가 흰 수염을 쓸며 점잖게 말했다. 나는 어이가 없어서 할아버지의 빨간 코를 멍하니 바라보았다.

문득 외할매랑 농사지은 야채를 장터에 내다 팔았던 기억이 났다. 장터 구석에 자리를 펴고 앉아 "우리 할매가 약 안 치고 키운 귀한 오이, 가지 사세요"라고 목청껏 외쳤다. 야채 판 돈으로 치킨을 사 안고 방실거리며 돌아왔다. 외할매에게 치킨 생기는 장사 맨날 나가도 좋겠다고 했었는데…….

외할매를 떠올리니 사기꾼 같은 할아버지가 불쌍한 생각이 들었다. 나는 떨떠름한 표정으로 도자기 부엉이 인형을 가리켰다.

"저거 하나만 주세요. 가진 돈도 천 원뿐이에요."

"헛허허! 돈보다는 네 믿음 에너지가 필요하단다. 얘들은 나를 믿는 아이들한테 특별히 나눠주는 소원 인형이거든."

할아버지가 부엉이 인형을 금색 포장지에 싸서 내밀었다. 역시 어딘가 이상한 할아버지다. 나는 머리를 내젓고는 집을 향해 달렸다. 머릿속에 외할매 생각이 떠나지 않았다.

'어쩌지? 외할매는 좀 나아졌을까?'

온통 외할매에 대한 걱정이 가득 찼다.

"그렇게 걱정되면 가 보면 되잖아."

달리던 내 발걸음이 우뚝 멈췄다.

"뭘 자꾸 걱정만 해. 가 보자."

"누, 누구야? 누가 말하는 거야?"

나는 주변을 두리번거렸다.

"뭘 두리번거려? 나야! 네가 들고 있는 부엉이!"

"꺄아악!"

"거참, 덩치는 나보다 큰 게 겁도 많네."

금색 포장지 사이로 얼굴을 내민 부엉이 인형이 뚱한 표정으로 나를 올려다봤다.

"부엉이! 그러니까 네, 네가……."

나는 놀라서 말을 더듬거렸다.

"그래, 내가 말한 거 맞아. 나 좀 꺼내줘."

나는 얼떨결에 부엉이를 꺼내 손바닥에 올려놓았다. 부엉이는 부리부리한 눈으로 나를 훑어보았다.

"들었다시피 난 소원을 이뤄주는 인형이야."

잘난 척하며 고개를 까닥이던 부엉이가 하늘을 올려다보았다. 어느새 비는 그치고 노을이 붉게 번지고 있었다. 부엉이가 양 날개를 두어 번 펄럭였다.

"오! 마침 바람의 방향도 좋은걸."

부엉이가 내 손바닥에서 날아올라 세찬 날갯짓을 했다. 날갯짓할 때마다 부엉이의 몸이 점점 커졌다. 순식간에 나보다 커진 부엉이가 나를 낚아채서 하늘로 날아올랐다.

"어? 어! 엄마야아!"

"자아! 이제 소원을 보러 가 볼까?"

나는 부엉이 발에 매달려 진청색으로 물들어가는 하늘을 날았다. 가슴이 탁 트이는 것 같았다.

"여, 여기는 외할매집?"

부엉이가 파란 대문집 앞에 내려앉았다. 초등학교에 입학한 이후로 한 번도 와 보지 못한 외할매의 시골집이

었다. '이후남'이라고 새겨진 나무 문패에 유성 매직으로 '은주 집'이라고 삐뚤빼뚤 써 놓은 글자가 보였다. 내가 한글을 떼고는 집 문패에 외할매 이름만 있고 내 이름이 없다고 심통을 부려 써넣은 거였다.

눈가가 그렁그렁해져 문패를 바라보고 있는데 부엉이가 한쪽 날개로 내 어깨를 툭 쳤다.

"오고 싶어 했잖아. 어서 들어가 봐."

나는 손등으로 눈가를 닦아내고는 대문을 조심스레 밀었다. "삐그덕"거리는 문소리가 아프게 울렸다.

"외할매? 외할매!"

외할매를 부르며 대청마루 위로 올라갔다. 인기척이 들리지 않았다. 가슴이 쿵 하고 내려앉았다.

외할매는 내가 바깥에서 놀다 올 즈음이면 뒷짐을 지고 대문 앞을 서성이곤 했다. 그러다 내 얼굴이 보이면 "하이고, 우리 똥강아지. 동무들캉 잘 놀다 왔나?" 하고 두 팔 벌려 나를 안고는 볼에 뽀뽀를 했다.

조그만 내 발기척에도 뛰쳐나왔던 외할매가 내가 이렇게 부르는데도 대답을 안 할 리가 없다. 외할매의 상태가 나빠져서 병원에 실려 간 건 아닐까? 나는 와락 큰방 문을 열어젖혔다.

방안에는 웬 여자아이가 엎드려서 그림을 그리고 있었다. 얼마나 집중해서 그림을 그리고 있는지 이마에 송글송글 땀방울이 맺혀 있었다.

"넌 누구니? 우리 외할매는?"

재빨리 방안을 살펴보았다. 외할매는 보이지 않았다.

"난 꿈에서 깨어나지 않을 거야."

여자아이가 중얼거렸다. 바가지 머리를 한 여자아이는 둥근 칼라가 달린 하얀 블라우스와 짧은 주름치마를 입고 있었다.

'요즘 누가 저런 촌스러운 머리와 옷차림을 해?'

처음에는 외할매가 돌봐주는 아이인 줄 알았다. 가만히 생각해 보니 외할매는 없고 여자아이만 있는 게 수상했다.

'호, 혹시 산에서 내려온 구미호?'

나는 살금살금 여자아이 뒤로 다가가 그림을 내려다봤다.

"와아! 정말 잘 그린다!"

구불구불한 산등성이와 졸졸 흘러가는 시냇물. 키가 우쭐우쭐한 사과나무와 민들레 꽃밭이 그려져 있었다. 연필로만 그렸는데도 너무 생생해서 금방이라도 민들레 꽃씨가 바람을 타고 날아오를 것 같았다.

"내가 그림 좀 그려봐서 아는데, 너 천재네."

나는 여자아이의 그림을 보고 감탄을 터트렸다.

"난 어른이 되기 싫어. 이대로 그림만 그리고 있을 거야."

여자아이는 내가 있는 것도 못 느끼는지 입속말을 중얼거렸다.

"애, 너 정말 여우니? 우리 외할매 못 봤어?"

나는 여자아이의 어깨를 잡고 흔들었다.

"나 여우 아냐. 나는 이후남이야."

여자아이가 그제야 나를 노려보며 말했다.

"이후남? 어디서 많이 들어 본 이름인데……."

나는 머리를 긁적이다가 대문 앞 문패를 떠올렸다.

"우리 외할매 이름이잖아!"

이후남은 남동생을 보라고 외할매의 아버지, 나한테는 외증조할아버지가 외할매한테 지어주신 이름이다. 외할매는 자기 이름이 싫다며 고향이 공주니까 '이공주'라고 부르면 좋겠다고 했었다.

"여긴 내 꿈속이야. 정말 오랜만에 꿈속으로 들어온 거야. 이젠 안 깨어날 거야."

여자아이가 도리질하며 말했다.

"여기가 외할매 꿈속이라고? 아, 안 돼! 외할매, 깨어나야 해!"

나는 다급하게 소리쳤다. 외할매가 이대로 안 깨어나면 식물인간이 되는 건가? 무조건 외할매를 깨워야 한다. 이대로 외할매를 꿈속에 가둬둔다는 건 말도 안 된다.

"그럼, 네가 괴물을 물리쳐 줄 거야?"

여자아이가 기대에 찬 눈으로 물었다.

"괴물?"

내가 의아하게 되묻는 순간이었다. 여자아이와 내 앞에 시커먼 그림자가 드리웠다. 그림자는 스멀스멀 부피를 키우더니 순식간에 천장까지 닿았다. 그림자 머리 부분에 세모꼴로 치켜 올라간 두 눈이 여자아이를 한입에 집어삼킬 듯 노려보았다.

"계집애가 미술 공부를 하겠다고? 어림도 없는 소리 하지 마라. 식모살이를 가든지 공장으로 가든지 일을 해야 해!"

그림자의 입이 양쪽으로 찢어지며 호통 소리가 채찍처럼 날아들었다. 여자아이가 귀를 막으며 온몸을 바들바들 떨었다.

나는 여자아이 앞을 가로막고 그림자를 향해 소리쳤다.

"사라져! 이 괴물아!"

그림자는 내가 지른 소리를 삼키고 덩치를 더 부풀렸다. 좁은 방안이 그림자로 가득 차 숨이 막혀 왔다.

"회초리를 가져오너라. 말 안 듣는 아이는 매를 들어야 해."

커다란 그림자가 호통을 치자 그림자의 옆구리 부분이 꿈틀대더니 작은 그림자가 떨어져 나왔다. 작은 그림자가 손에 들고 있는 길고 가느다란 회초리를 휘둘렀다.

"휘익 휘익 짜악 짝!"

회초리가 바닥을 치는 소리가 날카롭게 울렸다.

"난 이 집안 장남이야. 뭐든지 내가 우선이야!"

작은 그림자가 모진 말을 뱉어냈다. 나는 회초리에 맞

서 싸울 것을 찾았다. 여자아이가 손에 쥐고 있던 연필을 내밀었다. 나는 냉큼 연필을 쥐었다.

"길어져라!"

내 주문에 연필이 손오공의 여의봉처럼 길어졌다. 이걸로 그림자 괴물들을 흠씬 두들겨 패야겠다는 생각에 연필을 높이 치켜들었다.

"안 돼! 폭력은 또 다른 폭력을 부를 뿐이야."

여자아이가 소리치며 말렸다. 그러고 보면 외할매가 나를 키울 때 내가 아무리 저지레를 해도 회초리 한 번 든 적이 없었다. 나는 방법을 바꿔 지우개가 달린 쪽으로 그림자의 옆구리를 간지럽혔다.

"으헤헤헤헤 우헤헤헤."

커다란 그림자가 먼저 웃음을 터트리고 이어서 간지럼힘을 당한 작은 그림자는 바닥을 뒹굴며 웃어댔다.

"그, 그만. 멈춰, 멈추라고!"

나는 괴로워하는 그림자에게 말했다.

"너나 멈춰! 이 나쁜 괴물아!"

나는 씩씩거렸다.

"우리 외할매 무시하지 말라고!"

외할매를 짓밟고 억누르려 드는 그림자가 너무 미웠다. 그동안 외할매가 받았을 아픔과 서러움이 고스란히 느껴졌다.

"나도 무시하지 말라고! 내가 가만두지 않을 거야."

나는 목청껏 소리쳤다. 속이 다 시원했다.

"외할매, 여기 있으면 안 돼! 나랑 같이 가자."

나는 여자아이의 손을 잡고 방을 벗어났다. 감나무에서 망을 보던 부엉이가 잽싸게 마당으로 내려앉았다.

나는 부엉이 등에 여자아이를 앉히고 뒤에서 감싸안으며 올라탔다. 부엉이가 날아오르려 날갯짓을 했다. 방에서 우리를 움켜잡으려는 시커먼 그림자의 손이 갈퀴처럼 뻗어 나왔다.

"어서 출발해! 여기서 잡히면 꿈속에 갇혀버릴 거야."

부엉이가 달빛이 가득한 밤하늘로 날아올랐다.

"난 여기 꿈속에 있을래. 깨어나 봤자 꿈도 이룰 수 없는 난 그냥 이후남인걸."

여자아이가 시무룩하게 말했다.

"아니야, 내가 괴물을 물리쳐 준다고 했잖아."

"그럼, 네 안의 괴물은?"

여자아이의 새까만 눈이 물끄러미 나를 돌아보았다.

"내 안의 괴물?"

여자아이 말에 고개를 갸웃거렸다. 어느새 따라붙은 그림자가 입을 크게 벌려 우리를 통째로 삼켜 버렸다.

"윽! 꺄아악!"

회오리바람에 감긴 듯 우리를 태운 부엉이가 휘청대며 빙글빙글 돌았다. 빠른 속도로 아래로 떨어지는 느낌이 들었다. 눈앞을 가득 메우던 보름달 빛이 점차로 사그라들었다.

"엄마야! 헉!"

번쩍 눈을 떴다. 몸 여기저기가 쑤시고 아팠다.

"이게 어떻게 된 거지? 여긴 내 방이잖아."

이마에 흘러내린 땀을 닦으며 방안을 훑어보았다. 내 발끝에 두 동강이 난 부엉이 인형이 보였다. 산타 할아버지에게서 산 소원 인형이었다.

"꾸, 꿈이 아니었어."

얼른 핸드폰을 집어 들고 단축번호 0을 눌렀다.

"은주야!"

외할매가 바로 전화를 받았다.

"외할매! 괜찮아?"

내 목소리가 떨려 나왔다.

"오야, 내 괘안타. 네가 괴물을 물리쳐 줘서 오랜 악몽에서 깰 수 있었데이. 은주 니는 어떻노?"

외할매가 염려스러운 목소리로 물었다.

외할매는 내 안의 괴물을 걱정하고 있는 게 분명하다. 실패해서 상처받을까 봐 해보지도 않고 숨겨두었던 마음, 오빠와 비교당하는 게 싫어서 달아나려고만 했던 마음. 자신감과 용기를 빼앗아 가는 두려움이 괴물이었다.

나는 두 동강이 난 부엉이 인형을 들여다봤다. 콧속 깊이 숨을 들이마시고는 또박또박 힘주어 말했다.

"외할매, 나 그림 배워 볼래. 그냥 지금 하고 싶은 걸 해볼 거야."

부엉이 인형을 타고 하늘을 날 때처럼 가슴이 후련했다.

"그랴, 내캉 같이 손 붙잡고 그림 배우러 가자. 나도 이제는 누구 탓 안 하고 오랫동안 못 이룬 꿈을 향해 달려갈란다."

외할매가 단호하게 말했다. 외할매 눈시울이 붉어져 크게 고개를 끄덕이는 모습이 그려졌다.

외할매와 통화를 마치고 거실로 나갔다. 부엉이 인형을 접착제로 붙이고 그 위에 반창고를 감았다. 엄마가 상처에 붙이는 반창고를 감고 있는 부엉이를 보고 미간을 찌푸렸다.

"이 부엉이는 거저 소원을 들어주는 게 아니라, 상처를 딛고 이겨낸 자의 소원만 들어주거든요."

나는 부엉이를 감싸 쥐며 환하게 웃었다. 엄마는 나랑

외할매가 함께 괴물을 물리친 용감한 전사란 걸 알 리가 없을 거다. 외할매와 내가 서로의 꿈 지킴이가 된 것도 말이다.

"자! 부엉아, 상처 치료는 끝났으니까 우리 맘껏 날아 보자."

활짝 펼친 부엉이 날개가 별빛에 반짝거렸다.

가고오지말라쿵

임미선

아이들과 책을 좋아해요. 스토리텔러와 영어그림책지도사 자격증을 땄어요.
아이들이 꿈을 꾸며 밝게 자랄 수 있는 아름다운 글을 쓰고 싶어요. 무등산 장
불재에서 봤던 아이들을 생각하며, 빗속 여행지 버스 안에서 썼던 글이에요.
담이가 할아버지의 카메라를 통해 용용이를 만나고 다시 돌려보내는 판타지
속으로 들어가보아요.

　학교에서 돌아온 담이는 할아버지 서재로 들어갔다. 천장까지 짜 맞춘 책장에 할아버지의 손때 묻은 책과 앨범들이 빼곡했다. 책상 위에는 돋보기안경과 노트북 컴퓨터도 덩그러니 놓여 있었다. 담이는 가슴이 먹먹했다. 담이를 유달리 예뻐하셨던 할아버지는 작년 가을에 돌아가셨다. 담이는 할아버지가 생각날 때마다 서재를 찾곤 했다. 책장을 둘러보던 담이의 눈에 낯익은 책이 한 권 들어왔다.

　'어, 이 책이 왜 여기에 꽂혀 있지?'

　담이가 어릴 때 유독 좋아해서 너덜너덜해질 때까지 읽었던 동화책이었다. 담이는 호기심 반 기대 반으로 동화책을 뽑았다. 많은 책들이 빽빽하게 꽂혀 있어서 얼른 빠지지 않았다. 얼굴이 빨개지도록 힘주어 빼내는데 주변의 다른 책들도 우르르 쏟아져 내렸다. 책이 빠진 책장 뒷공간에 작은 금고가 놓여 있었다.

　담이의 가슴이 두근두근 뛰었다. 의자를 놓고 올라서

서 금고를 살폈다. 번호 자물쇠가 달려 있었다. 비밀번호가 필요했다. 그것도 네 자리. 담이는 뭔지 알 것 같아서 미소를 지으며 번호를 눌렀다.

0314

삐리리- 소리와 함께 금고가 열렸다. 담이의 생일날을 비밀번호로 한 것이었다. 금고 안에 든 것은 낡은 디지털

카메라였다. 비싼 수동 카메라도 아니고 요즘은 누구나 휴대폰 카메라를 쓰는데 쓸모없는 디카를 왜 넣어두셨을까? 심지어 충전 케이블도 없었다. 그냥 넣어두려다가 혹시나 해서 담이는 전원 버튼을 눌렀다. 전원에 초록불이 들어왔다. 주변에 오로라 같은 오묘한 빛이 감돌았다.

'오오, 멋진데. 잘됐다. 내일 현장학습에 가져가야지.'

담이는 무등산으로의 현장학습에 친구들과 다른 무언가를 가져갈 생각에 눈을 빛냈다. 친구들이 신기하게 쳐다보고 말을 걸

어올 걸 생각하면 가슴이 설렜다. 담이는 원래대로 책을 꽂아두고 카메라를 손에 꼭 쥔 채로 할아버지 서재를 빠져나왔다.

드디어 금요일. 현장학습 날이 밝았다. 담이네 반 25명은 버스에서 내려 장불재까지 걸어갔다. 그리 힘든 길은 아니었다. 구월의 한낮 햇볕은 따스했다. 가는 길에 만나는 꽃들은 흰색, 노랑, 분홍, 보라로 제 빛깔을 뽐냈다. 군데군데 억새도 햇빛을 받아 하얗게 빛났다. 꽃향기를 맡으며 새소리를 친구삼아 재재대며 걷다 보니 금방이었다. 담이는 화장실에 다녀오고 물도 한 모금 마시고 땀을 식혔다. 헉헉대며 주저앉은 친구들은 담임선생님과 남고 원하는 아이들 몇 명만 해설사 할아버지를 따라 서석대까지 오르기로 했다. 담이도 같이 가겠다고 손을 번쩍 들었다.

"무등산 주상절리대는 중생대 백악기에 발생한 화산활동으로 생성되어……."

담이는 해설사 할아버지의 설명을 흘려들으며 이쪽저쪽 멋진 풍경을 카메라에 담기 바빴다.

입석대를 지나 서석대로 가는 길에 승천암을 만났다. 바위에 얽힌 전설을 안내하는 표지판이 없었다면 그냥 흔한 바위로 알고 지나갔을 것이다. 터무니없는 이야기였다. 이무기가 용이 되어 승천했다니! 바위는 비스듬히 하늘로 솟아 있어 하늘에 오르기보다는 미끄럼 타고 내려오기 신나게 생겼다. 담이는 일단 사진을 한 컷 찍어두고 발길을 재촉했다.

서석대까지 오른 친구들끼리 기념사진을 찍고 다시 장불재로 내려왔다. 담이는 못 오른 친구들을 위해 주상절리 찍은 사진을 보여주며 한참 수다를 떨었다. 여기저기 흩어져 김밥도 먹었다.

"5학년 3반 모여라."

손나팔을 불며 친구들을 부르는 목소리가 쨍하니 메아리쳤다. 활짝 웃으며 학급 단체 사진을 찍고 산을 내려왔다.

저녁을 먹고 방으로 돌아온 담이는 디카로 찍어온 사진을 휴대폰으로 옮기고 있었다.

"나 돌아갈래 용용. 나 돌려보내 줘 용용."

조용한 방안에 웅웅대는 소리가 들려왔다. 깜짝 놀란 담이는 소리가 나는 곳을 찾아 두리번거렸다. 카메라에서 들리는 소리였다. 자세히 들여다보니 승천암을 찍은 사진이 열려 있었다. 모습은 없고 목소리만 있으니 소름이 좌악 돋았다. 담이는 마른침을 꼴깍 삼키고 입을 열었다. 목소리가 떨리는 것은 어쩔 수 없었다.

"너, 너 누구야?"

"나는 용용이지 용용. 승천암 속에 있는 용이야 용용."

"어디 어디? 에이, 아무것도 안 보이는데?"

담이는 카메라 속으로 들어갈 듯 고개를 들이밀었다. 눈을 가늘게 뜨고 사진을 뚫어져라 들여다봤다.

"순 뻥쟁이! 어떻게 모양도 없이 목소리만 사진기 안에 있어?"

"네가 찍었잖아 용용. '찰칵'하는 순간 내 영혼만 이렇게 사진기 안에 들어와 있더라구 용용. 몸은 승천암에 두고 왔지 용용."

"정말? 용이 되어 승천했다며? 그럼 바위엔 아무것도 없는 거잖아."

"에효, 용이 되는 걸로 끝난 게 아니야 용용. 살아 있는 것들을 위해 좋은 일을 많이 해서 덕을 쌓아야 큰 용이 될 수 있어 용용. 난 지금 백룡이지만 청룡, 적룡, 흑룡이 되려면 착한 일을 더 많이 해야 한다구 용용."

용용이가 한숨을 포옥 내쉬었다.

"진짜? 네가 바위 속에 있었다구?"

"당연하지 용용. 사람들이 지나가면서 내게 소원을 빌면 나는 하늘을 오르내리며 그 소원을 전달해주지 용용."

"와아! 바위에 빌기만 하면 소원이 이뤄지는 거야?"

"그건 아니지 용용. 나는 전달만 할 뿐이야 용용. 하늘엔 큰 구슬거울이 있어서 그 사람이 살아온 삶과 생각을 비춰주거든 용용. 착한 생각, 바른 행동을 실천한 사람만이 소원을 이룰 수 있어 용용."

"아, 그렇구나."

담이는 고개를 끄덕였다. 가만히 생각해 보니 아직은 소원을 빌 때가 아닌 것 같았다.

"그러니 돌려보내 줘 용용. 음력 팔월 보름날에 청룡 심사가 있어 용용. 시간이 얼마 없다구 용용."

"어떻게? 나는 방법을 모르는데."

"어떡하지 용용. 큰일이네 용용."

용용이의 목소리에 힘이 빠졌다. 한참 조용하던 용용이가 생각을 정리한 듯 물었다.

"이거 누구 거야 용용?"

"뭐? 카메라? 내 할아버지 건데."

"그럼, 할아버지께 물어봐라 용용."

"이미 돌아가셨어. 네가 하늘나라에 계신 할아버지께 물어봐 주면 안 돼?"

"내 몸은 바위 속에 있지 용용. 하늘로 갈 수가 없다구 용용."

"어떡해."

담이가 발을 동동 굴렀다.

"어쩌면 할아버지 서재에 뭔가 답이 있을 거야."

담이가 자리에서 벌떡 일어났다.

"나도 데려가라 용용."

담이는 카메라를 들고 총총 뛰어 할아버지 서재로 향했다. 약간의 실마리라도 찾을 수 있을까 하여 금고를 열었다. 금고 바닥에 종이쪽지가 있었다.

"어제는 왜 못 봤을까?"

"뭐라고 적혀 있어 용용?"

용용이가 다그쳤다. 담이는 쪽지를 읽어 보았다.

담아, 할아버지의 깜짝 선물을 찾았구나.

역시 그럴 줄 알았다. 네가 찾은 디카는 보통 디카가 아니라 영혼을 찍는 카메라야. 사진을 찍으면 보이지 않는 영혼이 사진 속에 구속된단다. 놀랍지?

그러니 이 디카는 조심해서 사용해야 해. 만약 영혼이 갇히면 골치 아프거든. 하지만 넌 디카를 분명히 사용할 테고, 영혼을 풀어주는 방법이 궁금하다면, 나의 행적에서 해답을 찾아보렴.

담이는 할아버지의 단정한 글씨체가 반가워 눈물이 찔끔 나왔다.

"궁금하다, 궁금해 용용."

옆에서 용용이가 다그쳤다.

"영혼을 풀어주는 방법을 할아버지의 행적에서 찾으래. 그런데 '행적'이 뭐야?"

"그것도 모르냐 용용. 살아온 일이나 업적, 발자취지 용용."

"음, 할아버지 삶의 흔적이면, 사진첩이 아닐까?"

담이는 사진첩을 꺼내 보았다. 할아버지의 어릴 적 모습부터 노년의 모습들이 차례대로 나열되어 있었다. 담이를 안고 환하게 웃고 있는 할아버지의 모습을 보니 눈물이 핑 돌았다. 담이는 눈을 깜빡여 눈물을 감추며 사진첩을 살펴보았다.

"아무래도 사진첩은 아닌 것 같아."

"그럼, 도대체, 행적이 어디 숨었단 말이야 용용? 답답하네, 답답해 용용. 그냥 글자로 써 주면 될 것을, 어렵다, 어려워 용용."

용용이가 짜증난다는 듯이 소리쳤다.

"글자? 아! 생각났다. 할아버지 일기!"

담이는 할아버지가 꾸준히 일기를 쓰셨다는 걸 기억

해 냈다. 책꽂이에 연도순으로 일기가 가지런히 꽂혀 있었다.

담이는 디지털카메라를 이리저리 돌려가며 기종을 확인하고, 인터넷에서 카메라가 제작된 연도를 검색했다. 2007년이었다. 담이는 2007년 이후의 일기장을 뽑아 책상 위에 쌓았다. 그리고 자리를 잡고 한 페이지씩 읽어 내려갔다.

"할아버지가 설악산에 올랐대. 공룡능선이 너무 멋있었다고 쓰여 있어."

담이의 말에 용용이가 툴툴댔다.

"어느 세월에 그 많은 내용을 다 읽냐 용용? 눈을 대각선으로 주욱 훑으면서 '사진기', '카메라'가 들어 있는 일기만 확인해라 용용."

"오올! 똑똑한데?"

정말 일기를 확인하는 일에 속도가 붙었다.

"야야, 11년 전, 3월 14일. 내가 태어난 날 일기야. 배냇저고리에 싸인 손녀를 카메라로 찍었다고 나와 있어."

"응, 안 물어봤구 용용. 빨리 카메라에 목소리만 찍힌 내용을 찾아라 용용."

"알았어. 까칠하기는."

할아버지 일기 군데군데에 담이의 커가는 모습이 담겨

있었다. 할아버지의 사랑을 확인하는 것 같아 담이의 마음이 울렁거렸다. 담이는 그렇게 몇 권의 일기장을 확인했고 드디어 결정적인 내용을 찾아냈다. 여러 해 전 10월 일기였다.

"용용아, 들어봐. 할아버지가 이즈음 대만 여행을 갔대. 빗속에 타이베이 시내를 관광버스로 달리다가 독특한 건물을 보았대. 지붕에 용과 봉황이 조각되어 있더래. 일단 카메라를 들었는데 셔터를 누르는 순간 번쩍하고 번개가 쳤다는 거야."

"벼락 맞은 대추나무도 아니고…… 용용"

용용이가 궁시렁거렸다. 담이가 무시하고 다음을 읽었다.

"여행 사진을 정리하는데 목소리가 들렸대. 쏼라쏼라. 당최 무슨 말인지 못 알아듣겠다고 투덜대는데 '카메라맨'이, 아, 할아버지가 목소리의 주인을 이렇게 표현했어, 귀신같이 우리말을 하더라는 거야."

"쯧, 귀신 맞지 용용. 영혼만 담겨 있잖아 용용."

용용이가 혀를 끌끌 찼다.

"계속 들어봐. 번개 맞은 카메라가 영혼을 찍는대. 카메라맨이 자신을 의술의 신이라고 말했대. 사람들의 건강에 대한 기도를 들어주려면 얼른 사원으로 돌아가야

한다고 계속 졸라댔다는 거야."

"그래서 어떻게 해야 돌아갈 수 있냐 용용? 얼른 다음을 읽어 봐라 용용."

용용이가 재촉했다. 며칠이 지난 일기에 거기에 대한 답이 나왔다.

"어, 그게, 다시 사진 찍은 곳으로 가서 사진을 삭제해야 된대. 그런데 주문이 있어."

"주문이라고 용용? 수리수리 마수리 용용?"

"아니. 이런저런 주문을 다 해봐도 안 됐대. 될 대로 되라는 식으로 몸부림치듯 내지른 말이 올바른 주문이었대. 절실함이 담겨야 하나 봐. 주문도 어쩜 입에 착 달라붙는 것이 잘 외워지네. 다 외웠어."

담이가 중얼중얼 일기의 내용을 외더니 자신 있게 외쳤다.

"야, 주문이 뭔데 용용? 궁금하잖아 용용."

"얌전히 참아라. 참는 용에게 돌아갈 길이 열리나니."

담이가 허공에 대고 타이르듯 말했다.

다음날 날이 밝기 무섭게 담이는 엄마를 졸라댔다. 영문도 모르고 무등산 탐방지원 센터까지 운전을 하게 된 엄마는 쉬지도 못하고 산엘 간다며 계속 불평을 늘어놓았다.

숨이 찬 엄마를 앞질러 담이는 카메라를 들고 뛰듯이 산을 올랐다.

"담아, 넘어질라, 천천히, 응?"

뒤에서 엄마가 소리쳤지만 담이는 걸음을 멈추지 않았다. 맘이 급했다.

주말의 무등산은 찾는 사람들이 많았다. 요리조리 등산객들을 앞질러 드디어 승천암에 도달했다. 담이가 인사를 전했다.

"용용아, 잘 가. 꼭 네가 원하는 대로 훌륭한 용이 되길 바랄게."

"너도 용용. 착한 생각, 바른 행동 많이 하고 소원을 빌러 와라 용용."

"그래, 안녕."

"근데, 주문이 뭔데, 뭐냐고 용용?"

용용이가 궁금증을 참지 못하고 다시 물었다. 담이가 씨익 웃으며 사진을 삭제했다. 카메라를 바닥에 조심스럽게 내려놓은 담이는 바위를 향해 서서 양쪽 어깨를 세 번씩 털고 엉덩이를 씰룩거리며 주문을 세 번 외웠다.

"가고오지말라쿵! 가고오지말라짝!"

'쿵'에 오른발을 구르고 '짝'에 손뼉을 쳤다. 지나가는 사람들이 힐끗힐끗 쳐다봤다. 부끄러웠지만 하다가 말

수도 없었다. 용용이에게는 절실한 일이었다. 담이는 조금 더 용기를 냈다. 더 힘껏 발도 구르고 손뼉도 쳤다.

"가고오지말라쿵! 가고오지말라짝!"

마지막엔 '에라 모르겠다' 하고 큰소리로 내질렀다.

"가고오지말라쿵! 가고오지말라짝!"

주변 공기가 일렁이며 바위가 살짝 흔들리는 듯했다. 담이가 얼른 카메라를 들어 올렸다. 더 이상 용용이의 목소리는 들리지 않았다.

'오! 주문이 먹혔어!'

성공이었다. 담이는 가만히 작은 한숨을 내쉬었다. 사람들이 많은 타이베이의 사원에서 카메라맨을 보내기 위

해 주문을 외웠을 할아버지를 생각하니 슬며시 웃음이 비어져 나왔다.

"용용아, 할아버지 만나면 카메라를 통해 날 만난 얘기 꼭 해줘."

담이는 바위를 한 번 쓰다듬어주고 뒤돌아섰다.

"담아, 헉헉. 같이 좀 가지."

뒤늦게 올라온 엄마가 숨을 몰아쉬었다. 엄마와 가까운 바위에 앉아 땀을 식혔다.

"엄마, 사실은요……."

담이는 엄마에게 할아버지의 카메라 얘기를 들려주었다. 엄마는 '영혼을 찍는 카메라'라는 담이의 말이 귀엽다는 듯 웃으며 놀렸다.

"그래? 어디 한번 찍어보자."

"어, 엄마, 절대, 절대 안 돼요!"

담이와 엄마는 카메라를 두고 옥신각신하며 산을 내려왔다. 돌아다본 승천암 위에는 흰 구름이 뭉게뭉게 떠 있었다. 흰 구름 너머에서 할아버지가 흐뭇하게 미소 짓는 것 같았다.

까만 할미꽃

황미하
이야기가 가득한 도서관을 좋아하고 들꽃처럼 소박하게 민들레처럼 당당하게
살고 싶은 어른이에요. 2019년 KB창작동화제에서 입상했어요. 누구에게나
있는 꿈과 열정에 대해 이야기하고 싶었어요. 우리 모두 꿈을 찾고 그 꿈을 이
루기 위해 열정을 다해 보아요.

똑똑똑똑.

현관문 두드리는 소리가 났다. 초인종이 있는데 왜 문을 두드리는 거지? 인터폰 화면에는 아무도 보이지 않았다. 내가 잘못 들었나, 택배가 왔나? 조심스럽게 문을 열고 밖을 내다보았다. 그때 옆집 문이 닫히는 소리가 들렸다.

그날 저녁 퇴근한 엄마와 밥을 먹고 있었다.

"엄마! 옆집에 이사 왔어?"

"글쎄 잘 모르겠는데, 왜?"

"아까 낮에 옆집에서 문소리가 나던데."

"그래? 누구라도 빨리 이사 왔으면 좋겠다. 엄마가 출근하면 너 혼자 있는데 옆집까지 비어 있으니 걱정이 되네."

엄마는 말끝에 작게 한숨을 쉬었다.

나는 이왕이면 내 또래 친구가 이사를 왔으면 좋겠다고 생각했다.

엄마는 토요일에도 직장에 나간다. 그리고 나는 엄마가 없는 토요일이면 복지관에 간다.

지난 겨울 방학부터 복지관에서 인형극을 배우고 있다. 인형극단에 계셨던 선생님의 도움을 받아 '들판에 핀 할미꽃'을 연습하는데, 나중에 복지관에 마을 사람들을 초대해서 인형극 공연을 할 예정이다.

인형을 들고 대사 연습을 막 시작하려던 참이었다.

"저 할머니 오늘도 또 왔네. 왜 자꾸 우리를 훔쳐보는 거지?"

할머니 역할을 맡은 수연이가 인상을 찌푸리며 말

했다.

인형극 연습을 늘 지켜보는 할머니가 창문 너머로 보였다.

"그러게 말이야."

다른 아이들도 기분 나쁜 표정을 지으며 맞장구를 쳤다.

저번에는 연습하다가 할머니와 내 눈이 딱 마주쳤다. 할머니는 나를 보며 살며시 웃으셨다. 웃는 모습이 꼭 작년에 돌아가신 외할머니 같았다. 그래서인지 그날 이후 아이들의 말들이 신경이 쓰였다.

"자자, 이제 공연이 얼마 남지 않았으니 처음부터 끝까지 음악에 맞춰 연습해 보자."

해설을 맡은 도깨비가 맨 처음 등장한다. 나는 서둘러 도깨비 인형을 들고 목소리를 가다듬었다.

선생님이 '산도깨비' 음악을 틀어주셨다. 음악 소리가 점점 커졌다가 작아지고 나는 대사를 시작했다.

"안녕하세요? 여러분. 저는 이야기 도깨비예요. 지금부터 들려줄 이야기는 아름답고도 슬픈 할미꽃 전설이랍니다. 어느 가난한 산골 마을에 홀로 두 딸을 키우는 어머니가 살고 있었어요……."

인형극 연습을 마치고 오는 길이었다. 빨강 분홍 봄꽃들이 가득 피어 있는 곳에 자주색 옷을 곱게 차려입은 할머니가 서 있었다.

"얘야."

인형극 연습을 항상 지켜보던 그 할머니였다.

"아, 안녕하세요?"

"집에 가는 길인데 같이 갈까?"

"네? 할머니 집이 어딘데요?"

나도 모르게 목소리가 커졌다.

"따라와 보면 알지."

할머니는 앞장서서 천천히 걸음을 옮겼다. 우리 집 방향이라 나도 할머니를 따라 걸었다. 할머니가 우리 집을 알고 있는 걸까? 아니면 우연히 할머니 집도 같은 방향인 걸까? 이런저런 생각을 하면서 걷다 보니 어느덧 아파트 입구까지 왔다. 할머니는 망설이지 않고 아파트 현관을 지나 내가 사는 1층 복도까지 걸어갔다. 우리 옆집 문을 열고는 고개를 돌려 나를 보았다.

"얼른 오지 않고 뭐하니? 집에 안 가?"

"어? 옆집에 새로 이사 오셨어요?"

할머니는 웃으며 고개를 끄덕였다.

"쑥떡 먹고 갈래?"

쑥떡이라는 말에 갑자기 입안에 침이 고였다. 나는 무엇에 끌리듯 할머니를 따라 집 안으로 들어갔다. 분명 처음 왔는데 낯익은 느낌이 들었다.

'와! 우리 외할머니 집이랑 정말 비슷하다.'

두리번거리며 서 있는데 할머니가 노란 콩가루가 묻은 쑥떡을 가지고 왔다.

"먹어 보렴."

향긋한 봄 내음이 코와 입으로 기분 좋게 '훅' 들어왔다. 쑥떡은 말랑말랑했고 콩가루는 달고 고소했다. 익숙한 맛에 목이 살짝 메어 왔다.

"맛있니?"

"네, 정말 맛있어요. 우리 외할머니가 해 주던 쑥떡 맛이 나요."

"그래? 체하지 않게 천천히 먹어."

할머니가 물컵을 내밀었다. 물을 마시고 나니 지난 일이 갑자기 떠올랐다.

"할머니, 혹시 저번에 우리 집 문 두드리셨어요?"

"저번에?"

할머니는 기억이 안 나는지 이마를 찡그리며 고개를 갸웃했다. 그러더니 무릎을 탁 쳤다.

"아아! 아무도 없는 줄 알았는데, 있었구나! 이사 떡 돌리려고 했지."

"아! 그런데 할머니, 우리 집은 어떻게 아셨어요?"

한 번 궁금한 걸 해결하니 자꾸만 나도 모르게 질문이 튀어나왔다.

"저번에 엄마랑 네가 집으로 들어가는 걸 봤어. 너는 엄마랑 둘이 사니?"

"네……. 할머니는 누구랑 같이 살아요?"

할머니의 살림살이를 보니 내 또래는 없는 것 같았다. 그래도 혹시나 해서 물어보았다.

"나는 함께 살던 딸네 가족이 외국으로 이민을 가는 바람에 지금은 혼자 지낸다. 나한테도 너만 한 손녀가 있는데……."

할머니가 말을 멈추고 천천히 창밖 벚나무를 바라보았다. 연둣빛 작은 잎들이 바람에 흔들리고 있었다.

"인형극은 재미있니? 도깨비 흉내를 아주 잘 내던데."

"헤헤, 조금 힘들지만 재미있어요."

나는 뽐내듯 어깨를 으쓱했다.

"그런데 있잖아요, 할머니는 우리가 연습할 때 왜 자꾸 쳐다봐요?"

그리고 인형극 얘기가 나온 김에 궁금했던 것을 용기 내어 물어보았다.

"사실은 말이지. 내 꿈이 연극배우였어. 하지만 그때는 대부분 꿈을 접고 살 수밖에 없었지."

할머니는 살짝 미소를 지었다. 하지만 그 모습이 슬퍼 보였다.

"너희들이 인형극을 하는 걸 보니 잊고 있었던 내 꿈이 생각났어. 자꾸 보니 대사도 다 외우겠더라."

할머니는 여전히 인형극 연습을 보러 왔다. 그리고 나는 친구들 몰래 할머니와 눈인사를 하기 시작했다. 연습을 마치면 할머니 집에 들러 간식을 먹고 가끔 낮잠을 자기도 했다. 엄마도 할머니와 내가 친하게 지내는 것을 알고 좋아했다.

어느 날은 도깨비 인형을 들고 할머니 집에 갔다.

"도깨비 인형이구나. 가까이서 보니 정말 잘 만들었네."

할머니가 눈을 크게 뜨고 인형을 찬찬히 살펴보았다.

나는 자랑하듯 인형을 잡고 흔들며 말했다.

"안녕하세요, 여러분. 아니 안녕하세요, 할머니? 헤헤, 이렇게 하는 거예요. 많이 봐서 알죠?"

눈을 찡긋하며 할머니에게 장난스럽게 이야기했다.

"내가 한번 만져 봐도 될까?"

"네, 물론이죠."

"이렇게 하면 되는 거니?"

할머니가 든 도깨비 인형의 얼굴과 팔이 느리게 움직

였다.

"와! 할머니 잘하는데요?"

"이왕 하는 거 말도 해 볼까? 우리 꽃분이는 시집가서 잘살고 있겠지……."

할머니 목소리를 듣고 나는 깜짝 놀랐다. 수연이도 잘하지만 할머니의 느리고 쉰 듯한 목소리는 마치 주인공할머니 같았다.

"할머니 너무 멋져요. 또 해 봐요. 또요!"

"아이구, 왜 이리 춥지. 꽃분아, 꽃분아."

나는 할머니 목소리를 내는 도깨비 인형을 숨죽여 바라보았다.

인형극 연습 때문에 복지관에 모여 있는데 선생님의 휴대전화 벨이 울렸다.

"네. 어머니, 수연이가 오지 않아서 연락하려던 참인데…….",

선생님이 우리를 쳐다보며 집게손가락을 입에 대고 '쉿' 하는 입 모양을 만들어 보였다. 모두 말없이 그리고 어리둥절한 표정으로 선생님을 쳐다보았다.

"어머 그래서 수연이는 괜찮아요? 네, 수연이가 매우 속상하겠어요."

통화를 마친 선생님의 표정이 굳었다. 수연이에게 무슨 일이 생긴 게 틀림없다는 생각이 들었다. 나는 선생님의 말씀을 초조하게 기다렸다.

"얘들아, 수연이가 폐렴이 심하게 걸렸단다. 어제 입원을 했고 다행히 치료만 잘 받으면 낫는데. 그렇지만 공연 날짜까지 퇴원할 수 없을 것 같다고 하시는구나."

큰일이었다. 할머니 역을 맡은 수연이가 없으면 공연을 어떻게 하지? 날짜도 얼마 남지 않았는데……

"인형극 못하는 거 아니야?"

"어떡하지?"

"아이 짜증 나."

아이들이 웅성거렸다.

선생님이 칠판을 여러 번 두드렸다.

"얘들아, 조용! 아무래도 이번 인형극 공연은 취소해야 할 것 같은데……"

그때 할머니와 내 눈이 딱 마주쳤다.

"쌤. 수연이 대신 할머니 역할을 할 사람을 제가 알고 있어요!"

"그래? 누구, 누군데?"

"할머니요, 지금 창밖에 있는……!"

선생님과 아이들이 일제히 창밖을 쳐다보았다.

강당이 시끌시끌했다. 무대 안쪽에서 보니 인형극 공연을 보러 온 사람들이 백 명은 넘어 보였다. 앞쪽에 앉아 있는 엄마의 모습도 보였다. 어? 못 오는 줄 알았는데. 심장이 기분 좋게 방망이질을 해댔다.

"할머니, 이거."

"이게 뭐냐?"

"선생님께서 원래 인형극할 때 쓰는 거래요."

나는 까만 보자기를 할머니에게 주었다.

"사람들이 할머니인 줄 전혀 눈치 못 채겠어요. 헤헤."

"나도 마음에 드는구나."

"할미꽃 할머니! 우리 잘해 봐요."

나는 할머니를 향해 두 주먹을 쥐고 '파이팅!'이라 말했다. 심장처럼 두 주먹도 덜덜 떨렸다.

모든 조명이 꺼지고 주위는 깜깜해졌다. 웅성거리던 소리가 멈추고 음악 소리가 흘러나왔다. 드디어 막이 오르고 내가 맡은 도깨비가 해설을 시작했다.

1막에서는 두 딸과 함께 행복한 할머니, 2막에서는 외로운 할머니의 이야기가 펼쳐졌다. 그리고 3막 끝부분에 다시 할머니가 등장했다. 무대배경은 흰 눈이 쌓인 겨울 들판으로 바뀌었다.

오른손은 허리춤에 대고 앞으로 머리를 숙인 할머니

인형이 천천히 걸었다. 인형 머리가 살짝살짝 흔들렸다.

"시집간 우리 꽃분이는 잘살고 있으려나……. 아이고, 추워."

하얀 부직포 위를 걷는 할머니 인형이 비틀거렸다. 나는 재빠르게 눈 스프레이를 할머니에게, 아니 할머니 인형에게 '쉬익' 하고 뿌렸다. 할머니의 까만 보자기 위에도 눈이 한가득 쌓였다.

"꽃분아! 꽃분아!"

할머니 인형이 털썩 쓰러졌다. 그리고 음악도 멈추었다.

내 차례가 되어 무대로 다가갔다. 할머니는 앉은 채 움직이지 않았다. 할머니가 진짜로 쓰러진 건 아닐까 갑자기 겁이 덜컥 났다.

나는 할머니의 손을 가만히 흔들어 보았다. 할머니가 천천히 나를 쳐다보았다.

'괜찮아.'

할머니가 소리 내지 않고 입만 움직였다. 그리고 고개를 끄덕였다. 나는 할머니를 보며 눈웃음을 지었다.

잠시 후 초록색 무덤이 무대 중앙에 봉긋하게 솟아올랐다. 나는 도깨비 인형을 들고 마지막 해설을 했다.

"할머니는 꽃분이를 부르다가 쓰러졌어요. 추운 겨울이 지나고 이듬해 봄, 할머니가 쓰러진 자리에 꽃 한

송이가 피었지요. 사람들은 그 꽃을 할미꽃이라 불렀답니다."

눈물이 주르륵 볼을 타고 흘러내렸다.

무덤 위에 할미꽃이 서서히 올라오고 슬픈 음악 소리가 점점 커졌다가 작아지면서 인형극은 막을 내렸다. 강당은 박수 소리로 가득 찼다.

"할머니 정말 잘하셨어요. 대단하세요!"

선생님과 아이들이 할머니에게 몰려들었다.

"나 잘했지? 잘했지?"

"네에! 할머니 최고! 최고!"

주위에 있던 아이들이 자기들의 인형을 높이 들고 흔들기 시작했다.

까만 보자기를 쓴 할머니가 웃었다. 나를 보며 꽃처럼 활짝 웃었다.

찔레덩굴집 소녀

권오단

2006년에 제1회 디지털작가상 대상을, 2011년에는 한국중앙아시아 창작 시나리오 국제공모전에서 수상했어요. 2014년 아르코창작지원금 지원 사업에 선정되고, 2017년 국립생태원 생태동화 공모에서 우수상, 2018년 네이버 '이 동화가 재밌다' 오디오클립상을 받았어요. 『세 발 까마귀를 만난 소년』, 『책벌레가 된 멍청이』, 『우리 땅 독도를 지킨 안용복』, 『노자니 할배』, 『요술구슬』, 『도깨비도사 토부리』, 『하우스블랙홀의 비밀』 등을 썼어요. 들어 본 적이 없는 것을 이야기하고 읽어 본 적이 없는 글을 쓰기 위해 노력하고 있어요.

학교를 마치고 집으로 가는 길은 모험의 길이다. 우리 집은 신도시 개발지에 있는 아파트라서 곳곳에 공사가 한창이다. 신호등도 설치되지 않은 큰길에는 커다란 덤프트럭이 뿌연 먼지를 뿜으며 지나가고, 길가에는 공사 자재들이 여기저기 널려 있어서 한눈을 팔면 안 된다. 제일 위험한 곳은 집과 학교 가운데 있는 공사장이다. 그곳은 공원 공사가 한창이라서 하루 종일 중장비가 산을 깎고, 나무를 베고, 덤프트럭이 흙을 싣고 날랐다.

공사장 앞에 공원조감도가 보였다. 어제는 없었는데 오늘 설치해 놓은 것 같았다. 작은 정자가 있는 호수와 둘레길이 있고 소나무와 잔디밭이 있는 아름다운 공원이었다.

"와, 멋지다."

"쳇, 저게 뭐가 멋지다는 거야?"

고개를 돌려보니 얼굴이 뽀얗고 예쁜 소녀가 팔짱을 끼고 서 있었다. 소녀는 화가 난 듯 뾰로통한 얼굴로 조감도를 가리키며 말했다.

"모두 다 꾸민 거야. 소나무도, 꽃나무도, 호수도, 길도……. 예전에 여기 있던 아름드리나무들이 더 멋있고 예뻤어. 그땐, 우거진 나무 사이에서 다람쥐와 청솔모들이 뛰어놀고, 올빼미와 부엉이, 박새와 뻐꾸기 같은 산새들도 나무에 집을 짓고 살았는데 지금은 아무것도 없잖아."

"그래도 사람들은 공원이 들어온다고 좋아하던데?"

"사람들은 항상 그래. 진짜 예쁜 것들은 모두 없애버리고 인공적으로 꾸며놓은 것들만 좋다고 해. 그런 것……. 사람들은 편하고 좋을지 몰라도 동물들에겐 아니겠지."

소녀는 고개를 들어 어딘가를 바라보고 있었다. 한창 공사가 진행 중인 아파트 공사장이었다. 커다란 회색 아파트는 하루가 다르게 높아갔다. 아파트를 바라보는 소녀의 표정에 불만이 가득해 보였다.

교복을 입은 중학생 형 두 명이 우리 곁을 지나갔다. 얼굴이 불량스럽게 생긴 두 사람은 껌을 질경질경 씹다가 바닥에 뱉었다. 그리곤 또다시 껌을 꺼내 입에 넣고는 껌 종이를 바닥에 아무렇게나 버렸다.

"야, 거기 두 사람."

소녀가 중학생 형에게 소리쳤다. 걸어가던 중학생 형들이 삐딱하게 고개를 돌렸다.

"우리 말이냐?"

"그래, 너희들."

소녀가 똑 부러지게 말했다.

두 사람이 어슬렁거리며 다가와 우리 앞에 멈추었다. 얼굴에 여드름이 가득한 형 하나가 바닥에 침을 뱉으며 말했다.

"뭐야?"

소녀는 눈 하나 깜짝하지 않고 형들을 올려다보며 말했다.

"쓰레기를 버리면 나쁜 사람이야. 바닥에 뱉은 껌 주워. 껌 종이도 줍고."

겁이란 녀석이 어디론가 달아난 소녀 같았다. 나는 너무 놀라 소녀를 바라보았다. 자그마한 소녀는 한 치도 물러설 것 같지 않았다.

"뭐? 이 꼬맹이가 죽고 싶어?"

화가 난 중학생 형이 뺨을 때리려는 듯 손바닥을 번쩍 쳐들었다.

소녀가 지지 않고 말했다.

"멈춰."

형들이 거짓말처럼 동작을 멈추었다.

"차렷."

형들이 두 손을 다리에 붙이고 몸을 바짝 세웠다.

"껌과 껌 종이를 줍는다."

형들이 몸을 구부려 바닥에 떨어진 껌과 껌 종이를 주웠다.

"껌 종이에 껌을 넣고 싼다."

형들이 껌을 껌 종이에 쌌다.

"껌을 싼 종이를 호주머니에 넣는다."

형들이 껌을 싼 종이를 호주머니에 넣었다.

"앞으로 쓰레기를 버리지 않는다."

"앞으로 쓰레기를 버리지 않는다."

형들은 무엇에 홀린 사람처럼 소녀의 말을 따라 했다.

"뒤로 돌아."

형들이 몸을 돌렸다.

"앞으로 가."

형들이 팔을 앞뒤로 흔들며 군인들처럼 씩씩하게 걸어갔다. 그 모습이 마치 최면에 걸린 사람 같았다. 아니, 사람이 조종하는 꼭두각시 인형 같았다. 형들이 시야에서 사라지자 소녀가 고개를 돌려 나에게 말했다.

"우린 가자."

나는 소녀의 뒤를 따랐다.

"어, 어떻게 한 거니?"

"몰라도 돼."

소녀가 씽긋 웃으며 말했다.

"내 이름은 민지야. 네 이름은 뭐니?"

"나, 가람이야. 윤가람."

"윤가람? 좋은 이름이구나. 그럼 잘 가."

민지라는 소녀가 손을 흔들며 횡단보도를 총총히 건너가 버렸다.

나는 내 볼을 꼬집었다. 아픈 것을 보니 꿈이 아니었다. 민지가 중학생 형들을 꼼짝 못 하게 하는 능력은 마술 같았다. 그런 능력을 배울 수 있다면 얼마나 좋을까? 나는 민지를 따라가 보기로 했다. 민지의 집을 알아놓으면 다음에 또 만날 수 있을 것이다. 운이 좋으면 마술같은 능력을 배울 수도 있을 것이다. 생각만 해도 짜릿하고 기분이 좋았다.

민지는 내가 뒤따라오는지도 모르고 걸어가고 있었다. 얼마쯤 갔을까? 민지는 커다란 덤프트럭이 쉴 새 없이 오가는 비포장도로로 들어갔다. 거긴 아파트 건설 예정 지역이라 산을 파내는 공사가 진행되는 곳이었다.

흙을 가득 실은 덤프트럭이 누런 먼지를 일으키며 지

나갔다. 나무가 사라진 벌거숭이
산 위에는 주황색 포클레인 여
러 대가 부지런히 흙을 파
고 있었고, 덤프트럭이
흙을 싣기 위해 바삐
오가고 있었다.

   흙먼지가 일어
나는 비포장도로를
걸어가던 민지는 산비
탈로 내려갔다. 민지의
모습이 보이지 않았다. 재빨
리 달려가니 민지가 사라진 비탈
길 아래에 작은 길이 하나 나 있었다. 풀 사이로
가르마처럼 난 길은 시골에서 흔히 볼 수 있는 오솔
길이었다.

   오솔길을 따라 무작정 걸어갔다. 토끼풀이 무성
한 오솔길 양편으로 키가 큰 참나무들이 우뚝우뚝
서 있었다. 이곳은 아직 개발이 되지
않은 듯 온통 초록색이었다. 길은
숲이 무성한 골짜기로 이어지고
있었다.

흰나비들이 팔랑팔랑 날아다니고, 청솔모가 나무 사이로 통통 뛰어다녔다. 다람쥐 한 마리가 길을 가로질러 뛰어가다가 작은 바위 위에 서서 나를 바라보았다. 나뭇가지 위에 작은 새 몇 마리가 앉아서 노래를 부르고 있었다.

나는 시골에 온 것 같은 착각이 들었다. 내가 사는 도시에 이런 곳이 있을 줄은 상상도 못 했었다.

오솔길을 따라 올라가다 보니 커다란 느티나무 한 그루가 보였다. 그 앞에 민지가 있었다. 민지는 느티나무 아래에 멈추어 서서 고개를 들어 나무를 올려보다가 총총히 나무 뒤로 걸어갔다.

나는 조심조심 민지가 서

있던 곳으로 걸어갔다. 나뭇가지가 무성하고 푸른 잎이 드문드문한 커다란 느티나무 앞에는 돌무더기가 가득했다.

수백 년은 된 것 같은 커다란 느티나무 둥치는 오래되어 삭은 새끼줄을 둘둘 감고 있었고, 울긋불긋한 빛바랜 종이들이 매달려 있어서 왠지 음산한 느낌이 들었다.

민지가 서 있던 자리에서 하늘을 올려다보았다. 거뭇거뭇한 느티나무는 잎이 떨어져 앙상한 가지 사이로 파란 하늘이 환하게 드러났다. 오래된 느티나무는 죽어가는 것 같았다.

나는 민지가 사라진 느티나무 뒤쪽을 바라보았다. 하지만 민지의 모습은 어디에도 보이지 않았다. 느티나무 뒤편에는 무성한 찔레나무 덩굴이 어지럽게 엉켜 있을 뿐이었다.

'이상하다. 방금 여기에서 사라졌는데?'

날카로운 가시들이 어지럽게 엉켜 있는 찔레나무 덩굴 속으로 사람이 들어가긴 어려워 보였다. 주변을 둘러보아도 근처에 사람이 사는 곳은 없어 보였다.

'도대체 어디로 간 거지?'

귀신이 곡할 노릇이었다. 하지만 여기까지 쫓아왔는데 빈손으로 돌아갈 수는 없는 일이었다. 나는 손을 모아 힘껏 소리쳤다.

"민지야, 민지야!"

아무리 불러도 민지는 나타나지 않았다.

민지를 놓쳤으니 이젠 집으로 돌아가는 수밖에는 없었다. 힘없이 몸을 돌려 무거운 발걸음을 옮겼다. 느티나무 아래를 지나가고 있을 때였다.

"가람아."

민지의 목소리였다. 얼른 고개를 돌려보니 찔레나무 덩굴 앞에 민지가 서 있었다.

"민지야."

나는 너무도 반가워 얼른 민지에게 달려갔다.

"여기까지 어떻게 왔어?"

민지는 얼굴을 찌푸리며 말했다.

"그냥, 놀러 왔어."

"놀러 왔다고?"

"사실은 네 뒤를 밟았어."

"왜?"

"네가 중학생 형들을 혼내 준 능력을 배우고 싶어서……."

"사람을 홀리는 술법은 아주 먼 옛날부터 우리 집안에만 내려오는 비술이야. 넌 할 수 없어."

"일단 가르쳐줘. 내가 배울 수 있을지도 모르잖아."

"글쎄, 안 된다니까. 넌 나와 달라서 그걸 배우지도 못하고 익히지도 못해. 타고 나야 하는 거야."

"그런 게 어디 있어? 민지야, 제발 가르쳐줘, 응? 이 은혜는 잊지 않을게."

"안 된다니까 그러네. 한번만 더 조르면 아까 중학생들처럼 만들어 버린다."

민지가 두 눈을 부라렸다. 민지의 커다란 두 눈에서 붉은빛이 감돌았다. 나는 허수아비처럼 되어 버린 중학생 형들을 떠올리곤 재빨리 두 손을 번쩍 들었다.

"아, 알았어."

"진작 그럴 것이지."

민지가 방긋 웃었다.

"그런데 민지야, 너희 집이 어디야? 이 근처니?"

"우리 집?"

잠시 망설이던 민지가 손가락을 가리키며 말했다.

"저기야."

민지가 찔레나무 덩굴을 가리켰다.

"거긴 가시덤불이던데?"

"날 따라와."

민지는 가시가 무성한 덤불 옆으로 난 오솔길로 걸어

158

갔다. 분명히 오솔길은 없었는데 신기한 일이었다. 민지를 따라 오솔길을 가니 찔레꽃이 아름답게 피어 있는 찔레덩굴 대문이 보였다. 덩굴 문 위에 기와로 된 지붕도 보였다. 산 위의 나무 그늘이 지붕을 가려주고 무성하게 자란 찔레나무 덩굴이 집을 숨겨주는 것처럼 보였다. 마치 그 집을 바깥세상으로부터 감춰 주고 있는 것처럼 말이다.

"여기가 너희 집이야?"

"응."

"와! 너희 집 너무 환상적이다. 구경해도 돼?"

"근데 우리 엄마가 아파서……."

그때였다. 찔레나무 덩굴 대문이 천천히 열리며 누군가가 나타났다.

"어, 엄마."

나는 민지 엄마를 보고 깜짝 놀랐다. 민지의 엄마는 매우 예뻤다. 얼굴은 계란형이고 코는 오똑하고 두 눈은 보석처럼 빛났다. 피부가 유난히 희고 창백했다.

"아, 안녕하세요?"

나는 아줌마에게 꾸벅 인사를 했다.

"누구니?"

"저, 저는 민지 친구 가람이라고 합니다."

아줌마가 민지를 바라보았다.

"공원에서 만났어. 시비를 거는 중학생들을 돌려보냈더니 그걸 배우고 싶어서 날 따라온 모양이야."

민지가 아무렇지 않게 말했다.

"아무튼 반갑구나! 가람아, 들어오렴."

"네, 고맙습니다."

나는 민지의 집으로 들어갔다. 대문 안으로 들어가니 꽃이 가득한 넓은 정원이 나타났다. 정원에 형형색색의 꽃들이 피어 있고 여러 가지 나비들이 날아다녔다. 마당에는 맑은 물이 흐르는 작은 연못도 있었다. 아줌마는 나를 정원 안에 있는 정자로 데려갔다.

"아줌마, 정원도 예쁘고 집도 너무 예뻐요."

"고맙구나."

민지 엄마가 힘없이 웃으며 차를 주셨다. 찻잔 위에 하얀 찔레꽃이 둥둥 떠 있었다. 알싸하고 달콤한 냄새가 코를 찌르는 것 같았다.

"차도 너무 맛있어요."

"찔레차란다. 많이 먹으렴."

"이런 곳에 이렇게 예쁜 집이 있을 줄은 정말 몰랐어요."

"민지 아빠가 집을 예쁘게 꾸미길 좋아한단다."

"그렇군요."

나는 차를 내려놓고 민지 엄마에게 물었다.

"민지는 학원 안 다니나요? 학교는 어딘가요?"

민지가 끼어들었다.

"학교에 다니면 뭐 하니? 좋은 학교를 나온 사람들이 하는 일이란 것이 아름다운 산과 강을 파괴하고, 인공적으로 만드는 것 아니니?"

"민지야, 그만하거라."

민지가 뾰로통하게 팔짱을 꼈다.

"부모님께 이야기하고 온 거니?"

"아니요."

"부모님이 걱정하시겠다. 여긴 밤이 되면 위험하단다. 어두워지기 전에 집으로 내려가렴."

"네."

나는 민지 엄마에게 인사를 하고 집을 나섰다. 좁은 오솔길을 벗어나자 늙은 느티나무가 보였다.

민지는 집 앞의 늙은 느티나무 앞에 멈추어 서더니 고개를 들어 나무를 올려보며 말했다.

"죽어가고 있어."

바람이 불면 느티나무에서 마른 잎들이 우수수 떨어졌다.

"나무가 죽어간다는 거야?"

"응."

"안됐다. 이렇게 큰 나무가 죽다니……."

잎이 말라버린 나뭇가지 때문인지 느티나무가 더욱 쓸쓸하게 느껴졌다.

"가자. 바래다줄게."

민지가 말없이 앞장서서 걸었다. 오솔길을 따라 내려오다 보니 숲에서 딱따그르르— 딱따그르르르— 하는 소리가 들렸다.

"이게 무슨 소리야?"

"딱따구리 소리야. 딱따구리가 나무에 집을 만드는 모양이야."

"딱따구리가 살아?"

"응."

민지가 오른편을 손가락으로 가리켰다.

숲 안쪽의 나무에 빨간 머리의 까만 새 한 마리가 나무를 쪼고 있었다. 새가 부리로 나무를 쪼을 때마다 딱따그르르르— 하는 음악 소리가 들렸다.

"신기하다. 저게 딱따구리야?"

"응. 까막딱따구리라고 해. 나무에 둥지를 틀어서 사는데……. 헛수고인지도 모르고 집을 짓고 있어."

"집 짓는 게 왜 헛수고야?"

"얼마 후면 나무들이 잘리거든……. 개발공사를 하면 우리 집도 없어질 거야."

"집이 없어진다고?"

"응. 산이 다 깎이면 어쩔 수 없어."

"그럼 어떻게 되는데?"

"이사 가야지."

"이사 간다고? 어디로?"

"멀리."

"가까운 아파트로 이사하면 안 돼?"

민지가 힘없이 고개를 내저었다.

오솔길을 내려오면서 민지는 많은 이야기를 해 주었다. 주로 오솔길 옆에 보이는 나무에 대한 이야기였다. 짧은 오솔길이지만 수많은 나무들이 자라고 있었다. 참나무, 굴참나무, 상수리나무, 모과나무, 산수유나무, 소나무와 잣나무. 민지는 숲과 동물에 대해 모르는 것이 없었다. 민지는 길이 끝나는 곳까지 나를 배웅해 주었다.

"트럭이 많이 다니는 곳이야. 조심해서 가."

민지는 몸을 돌려 걸어갔다. 이내 민지의 모습이 푸른 숲속으로 사라져 보이지 않았다.

며칠 후, 나는 민지의 집을 향해 뛰어갔다. 공사장에

다가가니 덤프트럭이 먼지를 풀풀 날리며 지나가고 있었다. 전에 왔을 때보다 공사가 많이 진행되어 있었다. 포클레인들이 산을 깎고 있었고, 덤프트럭은 쉬지 않고 흙과 돌을 실어 날랐다. 무성하던 나무는 모두 베어지고 헐벗은 민둥산이 부끄러운 모습으로 서 있었다.

　모든 것이 바뀌어 있었다. 딱따구리도, 꾀꼬리도, 전나무도, 참나무, 소나무도 아무것도 없었다. 생명이 모두 사라져 버린 헐벗은 산 위에 덩그렇게 서 있는 느티나무

가 아니었다면 민지의 집을 찾지 못할 뻔했다.

덤프트럭이 지나가도록 길을 낸 언덕을 올라가니 느티
나무 뒤편에서 포클레인이 산을 깎는 작업을 하고 있었
다. 무성하던 찔레나무 덩굴들도 모두 사라져 누런 흙밖
에는 보이지 않았다. 어쩌면 민지네 집은 벌써 철거되고
이사 갔을지도 몰랐다. 느티나무 앞에서 깃발을 들고 있
던 아저씨가 나를 가로막고 말했다.

"얘야, 여긴 공사장이야. 위험하니 어서 집으로 돌아

가거라."

"친구를 찾아왔는데요?"

"친구? 무슨 친구."

나는 민지네 집이 있던 곳을 가리키며 말했다.

"저기 내 친구 집이 있거든요."

"저기? 찔레나무 덩굴이 우거져 있던 곳 말이냐?"

"네, 맞아요. 찔레나무 덩굴 옆에 오솔길이 있는데 거기 제 친구가 살아요."

아저씨가 고개를 갸웃거리며 말했다.

"도대체 무슨 소리를 하는지 모르겠구나. 거긴 찔레나무 덩굴밖에는 아무것도 없었는데?"

"아니에요. 찔레나무 덩굴 뒤에 한옥이 있거든요. 연못도 있고, 정자도 있는데 모르세요?"

"무슨 소릴 하는 거야?"

"며칠 전에 있었다고요. 제 두 눈으로 똑똑히 봤다고요."

아저씨가 고개를 갸웃거리더니 말했다.

"거기 있던 집을 철거한 건가? 잠깐만 기다려 보렴. 포클레인 기사에게 확인해 볼 테니 말이다."

아저씨가 포클레인으로 다가갔다. 포클레인 기사와 한동안 이야기를 하던 아저씨가 돌아와 말했다.

"얘야, 포클레인 기사 말로는 이 근처에 집이라고는

없었다는구나. 찔레나무 덩굴 속에 짐승이 살았던 작은 굴이 하나 있었다고 하는데 너구리나 여우가 살았던 것 같다나 뭐라나. 여긴 공사 중이어서 위험하니 어서 돌아가거라."

"그럴 리가 없는데……."

나는 힘없이 언덕을 내려왔다. 고개를 돌려보니 민둥산 위에 커다란 느티나무가 우두커니 서 있었다. 느티나무 아래에서 하늘을 올려다보던 민지의 모습이 떠올랐다. 분명히 그곳에 민지네 집이 있었다. 민지의 정체는 무엇이었을까? 나는 헛것을 본 것이었을까? 알 수 없는 일이었다.

얼마 후, 한 통의 편지가 나에게 도착했다. 보낸 사람의 주소가 없는 그 편지에는 민지라는 이름이 쓰여 있었다. 두근거리는 가슴을 안고 편지를 열어보았다.

가람아, 안녕?
혹시 우리 집에 왔었는지 모르겠다.
도시개발 때문에 우리 집이 없어졌어.
그래서 우리 가족은 멀리 이사를 하게 되었어.

어딘지는 말해 줄 수 없지만 내가 이사 온 곳은

소나무와 잣나무로 둘러싸인 산골이야.

사람들이 보기엔 보잘것없는 산골이지만

우리가 살기에는 너무 좋은 곳이야.

여긴 빛나는 생명력이 가득해.

산골짜기에서 바람이라도 불면 빛나는 생명력이 눈

처럼 날아다녀.

아스팔트와 시멘트로 둘러싸인 도시에서는 볼 수 없

는 아름다운 광경이지.

네가 그걸 볼 수 있다면 참 좋을 텐데 말이야.

덕분에 엄마의 건강도 좋아지셨어.

사실 우리 가족은 자연의 생명력을 먹고 살아.

사람들이 기(氣)라고 부르는데

우린 그것을 먹기 때문에 술법을 부릴 수 있는 거야.

아스팔트와 시멘트로 이루어진 도시에는 생명력이

희박해서 힘들었어.

근데 여긴 생명력이 가득해서 참 좋아.

정말로 중요한 것들을 사람들은 못 보는 것 같아.

자연은 인공적으로 만들 수 없는 건데

사람들은 자꾸만 자연을 인공적으로 만들려 해.

그건 자연을 파괴하는 일이야.

사람들은 예쁜 나무와 예쁜 꽃들만 심고 아름답다고 해.

사실은 아름다운 게 아닌데 말야.

산과 들에는 한 가지 나무와 꽃만 자라서는 안 돼.

여러 가지 나무와 수백 가지 꽃이 섞여야 진짜 자연이

고 아름다운 거야.

자연이 사라지면 동물도 사라지고 마침내 사람도 사

라지게 되거든.

사람들이 자연의 소중함을 깨달았으면 좋겠어.

그럼 잘 지내. 다음에 또 편지할게.

안녕.

동시

민들레 가로등 김연진

새까만 개미는 낮에도 캄캄해!
환한 가로등이 필요해!

하느님은
개미의 키를 생각해
키 낮은 민들레를 켜두었지

낮에도 밤에도
까만 개미들은 노란 민들레 가로등을 따라다녔어

봄이 질 때까지 한 번도 길을 잃어버린 적이 없었지

숨바꼭질 김연진

노랑나비가 노란 꽃에 앉았다

꼭꼭 숨어라
머
  리
    카
      락
        보
          일
            라
아무도 못 찾았다

김연진
2021년 혜암아동문학상 동시 부문을 수상했고, 2023
년 아르코창작기금발표지원사업에 시가 선정되었어
요. 다시 어린이가 되어 가슴 설레는 글을 쓰고 싶어
요. 시집으로 『슬픔은 네 발로 걷는다』가 있어요.

특별한 돌 김균탁

이제 지구에 살지 않는다는 할머니는
어쩌면 우주에 살지도 몰라
우주에서 너무 보고 싶다던
할머니네 엄마, 아빠 만나
하하, 호호 행복하게 웃고 있을지 몰라

그런데 할머니가 우주로 떠나던 날
사람들은 왜 그렇게 많이 울었는지 몰라
왜 엄마는 하루 종일 울고도
오래된 수도꼭지처럼
밤마다 나 몰래 훌쩍이는지 몰라

그래서 말인데 오늘은
엄마를 위한 특별한 선물을 준비할까 해
운동장에서 예쁜 돌을 하나 주워
엄마 손에 꼭 쥐어줄까 해
그리고 이렇게 말해줄까 해

참, 별일이지

길을 가는데 갑자기 돌이 하나 떨어지지 뭐야

깜짝 놀라 떨어진 돌을 주웠는데

이건 그냥 평범한 돌이 아닌 것 같지 뭐야

그래서 자세히 살펴보니까

이런 말이 적혀 있지 뭐야

나는 잘 지내니까 울지 말고 잘 지내렴

아주 오랜 시간이 지나고 우주에서 다시 만나자

이런 말이 삐뚤빼뚤 적혀 있지 뭐야

그러니까 이건 할머니가 보낸 편지인 거지

그러니까 엄마, 이제 울지 않기야

김균탁

2019년 『시와 세계』 신인상으로 등단하고 제7회 국
립생태원 생태문학 공모전 동시 부문 최우수상을 수
상했어요. 시집으로 『엄마는 내가 일찍 죽을 거라 생
각했다』가 있어요.

신문 읽기 이강순

신문을 펼치신 할아버지
음, 쯧쯧, 어이쿠
좋은 일이 없어
신문지 사이 떨어진
전단지 펼친 동생
음음, 오오, 아하
좋은 일 있어요, 할아버지
50% 할인이래요
피자 사주세요
네

봄이 이강순

베란다 문을 열어 빼꼼
현관문을 열고 빼꼼히
내다 보아도
보이지 않아
내 책상에 앉았다
창문 틈 사이로 조용하게
향기가 들어 왔어
봄이

이강순
책 읽기를 좋아하고 동시가 그냥 좋아요. 궁금하고
호기심이 가득해요. 친구들과 동시로 만나고 싶어
요. 2012년 영남문학 아동문학으로 등단했어요.

『달달 가게의 온도』 발간에 부쳐

아동문학은 아이들의 지각을 일깨워주고 상상력을 키워주는 길잡이 역할을 하며 오래전부터 문학의 한 장르로 인정받아 왔습니다. 특히 순수한 동심으로 쓰인 동시와 동화는 어린이뿐만 아니라 어른에게도 오랫동안 사랑받고 있습니다.

우리 지역은 『강아지똥』, 『몽실언니』로 대표되는 권정생 선생 같은 걸출한 아동문학가가 배출되어 아동문학 발전에 이바지한 바가 큽니다. 하지만 권정생 선생의 명성에 비해 우리 지역의 아동문학은 낙후된 느낌이 있습니다. 그것은 아동문학가들을 배출하고 활발하게 활동할 수 있는 여건이 다른 지역에 비해 좋지 않기 때문이라 생각합니다. 그래서 뜻있는 분들이 모여 동글동글문학회를 만들었습니다.

동글동글문학회는 경북에서 뜻있는 아동문학가들이 모여 만든 아동문학동아리입니다. '동(화)글+동(시)글+문학회'를 합친 단어로 이 지역에서 활동하는 전업 작가들과 아동문학에 뜻이 있는 작가 지망생들로 구성되어 있습니다.

문학회는 회원들의 등단을 돕고, 창작 활동을 할 수 있는 여건을 만들어주기 위해 탄생했지만, 2022년 12월 '동심과 함께하는 전시회' 같은 소소한 활동이 전부인 채로 명맥만 유지하고 있습니다.

이번에 발간된 책은 여러 가지로 의미가 깊습니다. 이 지역에서 활동하는 아동문학가들이 만들어낸 첫 번째 결실이기 때문입니다. 이 결실은 경북문예진흥기금과 동글동글문학회 회원(강보경, 권경미, 김균탁, 김나른, 김연진, 남찬숙, 박연주, 안효경, 이강순, 임미선, 황미하)들의 귀한 원고와 산수야 출판사의 지원 덕분에 가능한 일이었습니다.

책을 만드는 과정에서 지역 화가분들의 도움을 얻기도 했지만 출판사와 의견이 맞지 않아 귀한 그림이 고사하는 과정도 거쳤습니다. 이번에는 함께하지 못했지만 언젠가는 함께 작업하게 될 기회가 있으리라 생각합니다.

값지고 뜻깊은 결실을 맺으면서 동시를 빠트릴 수 없어서 동시를 쓰는 회원(김연진, 김균탁, 이강순)의 원고는 뒷부분에 부록으로 담았습니다. 책에 담긴 9편의 동화와 5편의 동시는 고심 끝에 엄선한 작품들이니 재미있게 읽어주시면 감사하겠습니다.

『달달 가게의 온도』 출간을 마중물 삼아 '동글동글문학회'는 경북을 대표하는 아동문학회이자 권정생 선생의 정신을 잇는 아동문학단체로 거듭날 것을 굳게 다짐해 봅니다. 많은 응원 부탁드립니다.

동글동글문학회장 권오단